静けさの中の笑顔

ろう者として、通訳者として、そして母として

石塚 由美子

まえがき

私は一九五九年三月三一日に、大阪の阿倍野に生まれました。

墜落分娩で生まれた私は体が弱く、二週間後に生まれたお隣の赤ちゃんと比べると、首の座りも、寝返りも、ハイハイができるようになるのも遅れていました。一度は「脳性麻痺」と誤診されるほどだったそうです。

耳が聞こえなくなったのは二才の時のようです。やっと歩けるようになった頃、「とびひ」という皮膚感染症にかかり、体中の湿疹と高熱に襲われました。その際に処方されたストレプトマイシンの副作用が原因でろう（聴覚障害）者となりました。

しかし、母が「由美子の耳が聞こえていない」と認識したのは、さらに一年後の私が三才の時でした。

庭で砂遊びをしている私のそばで、母が洗濯物を干していた時のことです。

「そんなことをしたらだめよ」

そう呼びかける母の声に反応しない私を、「イヤイヤ期なのね」と母は思っていたそうです。

そして、洗濯を終えた母はレコードをかけようとレコード・プレイヤーの入っている棚の扉を開きました。

私が扉のすきまに指を突っ込んでいるのに気づかないまま、母は扉を閉めてしまいました。

急ぎました。

〈痛い、痛い！〉

すきまに指を挟まれ、泣き出した私に母は気づきません。

私は「痛い」と声を出せなかったのです。いつの頃からか、私は発声をしなくなっていました。

あまりの痛さに私が白目をむいた時になって、ようやく事態に気づいた母は私を抱えて病院へ急ぎました。


病院に着いた私はひとり小さな部屋に入れられました。

鉄の分厚いドアが閉められ、出て行った母を追いかけ、私は泣きながらドアを叩きましたが、ドアは開きませんでした。泣き疲れた私は部屋を見渡し、おもちゃがあることに気づきました。

そのおもちゃで遊びながら、ドアが開くのを待ちました。

実はその部屋は、聴力検査のための部屋でした。

母と医師が隣の部屋から私の様子を見ていたそうです。大きな音をたてても私は反応しませんでした。この時、私の耳が聞こえていないことがはっきりしたのでした。

母は疲れて寝てしまった私をおんぶして、帰りました。

〈これからどうしたらいいんだろう〉

母はそれからいろいろな病院を探しました。

幼いながらも、プロペラのついた飛行機に乗った記憶があります。私の耳を治すため、母は手術を受けられるところを探し、文字通り全国をまわっていたのです。しかし、そんな名医はどこにもいませんでした。
とぎれとぎれの私の記憶の中に、父の姿はありません。私の耳が聞こえなくなったことと、両親の離婚には何かしらの関係があったようです。

さて、この本では耳が聞こえなくなった私がどのような人生を歩いてきたのか、耳が聞こえないためにどのような困難に直面してきたのか、そして、現在、私が働いているＮＰＯ法人視聴覚二重障害者福祉センター「すまいる」の紹介をしながら、目と耳の両方に障害を持つ盲ろう者についてもお話ししたいと思っています。

母に抱かれている私

母に後ろから抱かれ幸せを感じている私

目次

第三章 就職・結婚

［第一章］
ろうの子どもとして

ろう学校での生活：小学部

四才になった私は、大阪府立生野ろう学校（現・大阪府立生野聴覚支援学校）幼稚部へ通い始めました。

当時、多くのろう学校では手話が禁止されていました。口話法といい、発声訓練と口話（話者の口や唇の動きを読む方法）の習得が優先されたためです。生徒数は一クラスに六～八人、一学年では二〇人程度でした。先生の口の形をまねて発声練習をしましたが、私たちは「声を出すこと」そのものを理解していませんでした。

先生の喉に手を当てて、声を出すと喉が震えることを学び、それから発声するためには自分の喉も震わせるように練習しました。

授業の途中で眠たくなってくると、ベランダや廊下に出され、寒くてぶるぶる震えながら練習をさせられたのを覚えています。そのため、足にしもやけがよくできていました。

当時は、学校のトイレに行くのが怖くて仕方がありません

親同伴の校外学習にて（前列左から４番目が私）。私の後ろにいるのは、お手伝いさん。仕事が忙しい母の代わりに来てくれた

でした。

トイレに行くと、同級生が母親に叩かれ、痛さで声を上げて泣いていました。同級生の母親は、他の子どもに遅れを取ってはいけないと焦っていたのでしょう。

「何度言ったらわかるの！」

そう叱りながら、わが子を叩いていました。それを先生が見つけ、あわてて止めに入ることもありました。

私は比較的早く発声ができるようになりましたが、トイレで同級生が泣いている光景がおそろしく、早く大人になりたいといつも思っていました。


小さい頃は、耳が聞こえないことは、悪いことだと思っていました。

私の母はろう学校での厳しい口話訓練に限界を感じていました。母が私に隠れて泣いているのを、何度も見たことがあります。

そんな母の姿を見るのが嫌でたまりませんでした。

〈私の耳が聞こえないから、母を泣かせてしまっているんだ。私が悪いんだ〉

幼かった私はわけもわからず、ただそう考えるようになっていました。

そのため、母の言うことには逆らわず、なんでも言うことを聞こうと考えるようになりました。

母が落ち込んでいる顔は見たくないし、泣いている顔も見たくなかったからです。私が一番おそれていたのは、母に怒られることではなく、母に泣かれることでした。

母は学校での発声訓練の準備などもよく手伝ってくれました。

今でも覚えているのは、母が用意したたくさんの薄紙を一緒にハサミで切ったことです。何なのかなと思っていると、翌日の授業で使うためのものでした。

「さ・し・す・せ・そ」と「は・ひ・ふ・へ・ほ」のように、息を出しながら発声する音は口の前に薄紙を当て、紙が動くように練習しました。

その他にも、学校での発声練習にはいろいろな工夫がなされました。

か行はうがいをして、「ガラガラ」と音が出るようにする。は行は鏡を温めるように息を吐いて、鏡を曇らせる。な行とま行は、鼻の下に指をあてて鼻をふさいで声を出す。ら行は大皿にきな粉をのせ、そこにまいた豆を舌で探す。そんな練習を繰り返しました。

さらに、さ行は冷たい息、は行は暖かい息を出すように発声するとも教わりました。

そして、言葉を覚えるためには、イラスト・カードをよく

重ねられたイラスト・カードの絵を見て答える発声練習

使いました。

家中のあらゆるところに「机」「時計」「トイレ」などの言葉を覚えるための札が貼ってありました。ろうの子どものいる家庭ではよく見かける光景です。

しかし、絵に描いたり、実際にあるものを示したりするだけでは表現できない抽象的なものを理解するのは困難でした。たとえば、「きれい」という概念を覚えるきっかけとなったのは、霧吹きでした。

息を吐く練習をするから用意しなさいと母に言われ、霧吹きを買いに行きました。昔の霧吹きは、霧を吹く管の反対側から息を吹き込んで、霧を吹かせていました。今は、スプレーを使いますね。

その霧吹きを使って息を吐く練習をすると、目の前に小さな虹ができました。初めて見た時は感動しました。

そんな私の様子を見て、母は「きれい、って言うんだよ」と教えてくれました。こうして、私は「きれい」という概念を理解しました。「きれい」と発声すると、母がすごく褒めてくれました。

昔の霧吹き

補聴器を外す

小学部にいた頃は、補聴器をつけていました。ところが、ちゃんと補聴器をかけているのに、「なぜ、ちゃんとつけないのか」と怒られることがありました。

小学部五、六年になると、先生が「今日は良いお天気ですね」のような文章を三回、読み上げ、それを読み取るという口話のテストがありました。先生が読み上げた後、太鼓が鳴り、それを合図に、読み取った言葉を書き取りました。

私はいつもこのテストの出来が悪く、とうとう先生に

「石塚さんは口話ができるはずなのに、テストでは読み取れていない。補聴器をつけていないからだ」

と叱られました。でも、ちゃんと補聴器をかけていたのです。

私が先生の口話を読み取れなかったのは、補聴器を使うと、眼球が揺れるためでした。聞こえていたわけではありませんが、音が伝わる振動のせいで揺れていたのだろうと思います。

私はそれを、補聴器で音を聞くと眼球が揺れるのだと勘違いしていました。しかし、当時の私は、大人が使えと言っているものを、自分から外したいと言うことなどできませんでした。さらに、「補聴器の影響で目が振動する」という状況を説明するすべもなく、どう答えればいいのか

がわかりませんでした。

そんなある日、私は補聴器の電池が切れていることに気づきました。

音が伝わる振動がなく、眼球が揺れることはまったくありませんでした。そのことを黙ったまま口話のテストを受けたところ、全問、難なく解けました。

翌日、先生に誉められました。

それからは補聴器の電池を交換せず、耳にかけるだけにしていました。次のテストでも、また問題が解けるので、また褒められます。

補聴器のことを話すと、「言い訳だ」と叱られるような気がして、黙ったままにしていました。

しかし、とうとう母が「おかしいね。そろそろ電池が切れる頃なのに。まだ大丈夫なの？」と言い出しました。

もうバレると思い、先生に「実は、もうずっと前に電池が切れていました。だから、落ち着いて、口話をしっかり読み取れました」と言ったところ、とても驚かれました。

先生には「様子を見よう。補聴器を外していいよ」と言われました。

補聴器をもうかけなくていいのだと思うと、嬉しくて仕方がありませんでした。

「もっと早く言えばいいのに」とも言われました。

私だって、「ずっと言いたかったのに」と、そんな気持ちでいっぱいでした。

他にもつらかったことといえば、給食です。

当時は体が弱かったこともあり、給食を食べるのにかなりの時間がかかりました。昼休みが終わる頃になっても、まだ食べきれませんでした。

ついに午後の授業が始まり、先生に「まだ食べてるのか。早く片付けて机を拭きなさい」と叱られたこともありました。

しかし、私は雑巾、布巾、タオルなどの区別を知らず、タオルで拭こうとすると「それは違う」とまた叱られ、それを見たクラスメートはくすくす笑っていました。しかし、彼らは私が怒られているから笑うだけで、理由まではわかっていなかったと思います。

それでも私は「自分だけ遅れているんだ。劣っているんだ」と落ちこみました。

帰宅した私は悔しくて、母に雑巾、布巾、タオルの違いを尋ねました。

母は「雑巾は床を拭く、布巾はテーブルを拭く、タオルは顔を拭くものよ。タオルにも種類があって、トイレのタオルでは顔を拭かないものなの」などと教えてくれました。

温かい市場

私が小さい頃は、買い物といえばスーパーマーケットではなく、市場でした。

今では大型のショッピング・モールなどにとって代わられ、個人商店がひしめく市場はほとんど姿を消してしまいましたが、当時は母にお使いを頼まれ、よく市場に行ったものです。

聞こえない私にとって、市場はとても大切なコミュニケーション訓練の場でした。

市場には八百屋や果物屋、お菓子屋さんなど、いろいろなお店がありました。


私の記憶に強く残っているのは、八百屋のおじさんがお金を入れる大きなポケットがついたエプロンを腰に巻き、耳に鉛筆をはさみ、店頭にお釣りが入ったざるをゴムひもでぶら下げていたことです。

お店の商品棚は斜めになっており、各段にじゃかいも、玉ねぎなどが入った段ボールが並べられていました。

母から「にんじんとピーマンを買ってきて」と頼まれ、市場に行きました。

八百屋のおじさんに「にんじんをください」と言いましたが、おじさんには「そんなものないよ」と言われてしまいました。

どうやら、私の発音では「にむじん」と聞こえたようです。仕方がないので、にんじんを指さすと、「もしかして、にんじんのこと？」と尋ねてくれ、やっと通じる、といった様子でした。

おじさんは聞こえない私がお使いに来ていることに感心し、いつもおまけをくれました。

そうやって、何度も通う内に、おじさんは私の発音にも慣れ、たとえ「にむじん」でもわかってくれるようになりました。時には「『にむじん』じゃなくて『にんじん』ね」と教えてくれたりもしました。

お菓子屋のおばさんもとても優しくしてくれました。

ある時、熱を出した私に、「食べたい物を買ってきてあげる」と母が言うので、私の好きなお菓子の名前を伝えました。

しかし、母にはそのお菓子の名前がよくわからず、とりあえず市場のお菓子屋で私が熱を出していることをおばさんに言うと、「あの子が食べたいのはこれだよ」と出してくれたそうです。

また、私の姿がないのを知った他の店の人たちに、「今日は娘さんはどうしたの？」と母は何度も聞かれたらしく、私が病気で寝込んでいることを伝えると、「あの子に食べさせてやって」とおまけをくれたそうです。


昔は買い物ひとつとっても、温かみがあったのだなあと思います。

私が元気がなさそうにしていると、市場のおじさんやおばさんがよく話しかけてくれました。

「どうしたんや？ 誰かにいじめられたんか？ おっちゃんがやっつけたる！」

昔に比べれば、今の買い物はとても簡単です。誰とも言葉を交わす必要がなく、欲しいものをかごに入れ、レジでお金を払えば終わりです。

市場での買い物は大変でしたが、聞こえない私をみんなが気遣ってくれ、人の心の温かさを知ることができました。

もう一人の自分

幼い頃のある時期だけ、私には「もう一人の自分」が見えていました。

法事や祖父母の家への帰省などで、親戚一同が集まると、同じ年頃のいとこたちもやって来ました。

そうすると、自然と子ども同士で遊ぶのですが、コミュニケーションが取れないので、だんだん私はいとこたちに遠慮するようになり、遊びの輪から離れてしまいました。

いとこたちは私の耳が聞こえないことは知っていますが、手話はできません。

そこで、「公園に遊びに行こう」と言うのを、一語ずつ「こ・う・え・ん・に・あ・そ・び・に・い・こ・う」と言ってくれました。しかし、私にはそれが読み取れず、次第に口話を読み取るのをあきらめて、一緒に遊ばなくなりました。

私は仕方なく一人でテレビを観始めました。しかし、テレビの内容がわかっているわけではありませんでした。現在と違い、テレビに字幕などは、ほとんどついていなかったため、内容を想像するしかなかったのです。

一方、大人たちは久しぶりに会うので、長居をして、おしゃべりに夢中でした。

私は何度も母に聞きました。

「いつになったら帰れるの？」

返事はいつも同じ、「もう少し待って」でした。

仕方がないので、またテレビを観ます。本当はテレビなんて観たくありませんでした。

その内に、いつの間にか私は「もう一人の自分」と心の中でおしゃべりするようになっていました。

彼女はパッと出てきて、私がぶつぶつ喋るのを聞いてくれました。

「元気？」

「もう帰りたいよ」

「もうちょっと待ったらどう？」

そんな会話をしていました。周囲の人に変に思われないように、テレビを観るふりをしながら、こっそり、おしゃべりを楽しんでいました。すると、一時間でも二時間でも、退屈せず、一人で過ごすことができたのです。

彼女は、私と同じ顔をしていました。そして、自分では思いもしなかったアドバイスをしてくれたのでした。彼女のような話し相手がいたからこそ、遊び相手がいなくても、周りの会話が聞こえなくても、一人ぼっちにされても、いくらでも我慢ができたのです。

母に「あと三〇分待ってね」と言われれば、文句も言わずに待つ。時間が過ぎても、「待ってね」と言われれば、いつまでも待つ。親戚はそんな私を見て、かえって心配していたそうです。

「あまりにもいい子過ぎて変だ。頭に障害があるのかもしれない。一度、病院に連れて行け」祖父にいたっては母にそう言ったそうです。それほど私はいい子にしていました。

「彼女」に最初に出会ったのは小学四年生ぐらいだったと記憶しています。今にして思えば、彼女は私のイマジナリー・フレンド（目に見えない空想の友だち）だったのかもしれません。

中学生になった頃、いつの間にか彼女はいなくなっていました。それはちょうど、私が言いたいことを言えるようになった時と重なります。わがままを一切言わず、母に言われたこと、すべてにハイ、ハイと答えていた私が、少しずつ母に反抗するようになった頃です。

きっと成長して、私は強くなったのでしょう。

ろう学校での生活：中学部

中学部に入ると、二ヶ月に一回ほど、歴史を中心とした校外学習に行くようになりました。たとえば、校外学習の前日の日本史の授業では先生が当時の一万円札を出し、聖徳太子の絵を見せてくれました。そして、翌日には法隆寺に行き、そこで聖徳太子の説明を受けました。

さらに、「柿くへば　鐘が鳴るなり　法隆寺」という碑の前に来ると、その場で国語と古文の時間になりました。お昼ごはんを食べた後は、美術の時間になり、お寺の絵を描く。普通校では考えられない幼稚さかもしれませんが、そういう教育方法でした。

ろう者は耳が聞こえないために、物事の認識に時間がかかります。また、会話の語彙も乏しいものがあります。

そのため、校外学習は「百聞は一見にしかず」を実践する貴重な機会だったのでしょう。健聴（聴覚に障害のない）者はごく普通の生活の中で、自然に、そして自由に話し言葉や身の回りの知識を身につけていくのだと思います。

しかし、ろう者が言葉や知識を修得するためには体系的な教育が必要です。

口話の限界

小学部から中学部にかけては、徹底的に手話を使わない口話法一本にしぼった教育を受けました。口話では顔全体の動き、特に唇や舌の動きを読み取り、コミュニケーションを図りますが、それだけでは意思の疎通に限界があります。少しでも手を使ってジェスチャーをしようとすると、こっぴどく怒られました。手が動かせないよう、紐で手をしばられたこともありました。毎日毎日、先生に怒られていたような気がします。

あの頃の私は、早く大人になりたいと思っていました。いつも怒られていたので、怒られない社会に出たいと思っていました。

母とでさえ、やはり口話には限界がありました。「卵を買ってきて」と頼まれたのに、タバコを買ってしまったり、今度は「たばこを買ってきて」と頼まれたのに、卵を買ってきたりしました。

声が聞こえれば、「卵」「タバコ」「なまこ」の区別がわかるでしょうが、ろう者は口の形、動きを頼りに、相手の話を聞きますので、よく間違うことがあります。特に、口形が似ている言葉は読み取りにくいのです。

他にも区別ができない言葉は山ほどあります。「うどん」と「布団」、「講演に行く？」と「公園に行く？」といった具合です。少しでもジェスチャーがあればわかりやすくなります。さらに言えば、唇の動きがわかるように、ゆっくり、はっきりと単語を区切って話してもらえると、ずいぶん違います。

母が「今からご飯を作るからね」と言い、冷蔵庫を開け、材料を出し、「卵がない。卵を買ってきて」とお使いを頼まれたことがありました。

話の流れから、卵に違いないとは思ったのですが、買い物から家に着くまでの道のりは、「もしかしたらタバコかも」「いや、きっと卵だろう」と迷いながら帰りました。そして、ドキドキしながら母に卵を渡したものでした。

当時の私は耳の聞こえる健聴の子ども以上に神経を張りつめることが多い毎日でした。

音によるフィードバック

この頃、恥ずかしながら私は「水」という単語を、ずっと「おみず」が正しいものと勘違いしていました。

ビールなども同様で、すべて「おビール」と「お」をつけていました。母がいつもそのように丁寧に言っていたため、誤解していたのです。

ところが何の脈絡もなく「おビール」「お水」と発音しても、みんなに通じません。おかしいな、と思っていたところ、ようやく「ビール」「みず」が一つの単語だと知りました。

また、漢字の読み仮名を間違って覚えていたこともたくさんありました。

本を読んでいると、読み仮名がついていない漢字がたくさんあります。ろう者は、意味はわかっていますが、読みについては「多分こうだろう」と推測しながら読んでいます。しかしながら、漢字そのものが得意なろう者は多いようです。ただ、読み方を間違えているのです。

健聴者は漢字を音声からも覚えます。普段の生活の中で、周りが使う漢字の読み方が自然と耳に入ってくるため、「あっ、正しい読みはこうなのか」と学習することができます。しかし、ろう者にはその機会がなかなかありません。

発声も同じです。

私は「手話」を「すわ」や「しゅーわ」と発声していることがあるようです。しかし、これを修正するのは、ろう者には大変難しいことなのです。

健聴者には、音声のフィードバックを得ることができるので、自分の発声をコントロールすることができます。ろう者にはそれができません。

太鼓などの楽器を練習している時も、「前に教えたのにどうしてわからないの」と叱られます。「どうしてすぐに忘れるのか」となるのです。

しかし、大抵の場合、ちゃんと覚えています。忘れているわけではありません。ただ、そのリズムを音楽としてどのように表現すればよいのかがわからないだけなのです。

耳から入る音によるフィードバックがないため、思いもかけないバリアがあるのです。

食事をしていても、口からいろんな音が出ていると注意されます。もちろん気をつけているのですが、どこからどんな音が出ているのかがわからないので、どうしようもありません。

同様の失敗は、友人と一緒に映画を観に行った時にもありました。

友人が用意したスナックの菓子袋をパリッと破り、みんなに分けてくれたので、ポリポリとお菓子を食べ始めました。

すると、私たちの前に座っていたお客さんに「うるさい」と注意されました。しかし、みんなはその理由がわかりません。仕方がないので、そのまま食べていたら、今度は後ろに座っているお客さんから「この袋がうるさいんだよ」と、スナックの菓子袋を指さして、注意されました。それでもまだ分かりませんでした。

〈この袋がうるさいってどういうこと？〉

とうとう隣のお客さんから、「しっ！」と静かにするようジェスチャーをされ、お菓子を食べるのを止めると、そのお客さんは頷き、私たちは「お菓子を食べていることが迷惑な音をたてているのだ」と知りました。

次の日、このことをろう学校の先生に尋ね、ようやく理解できました。

このように、「言われていることの理由がわからない」と言うと、「どうしてわからないの」と言われてしまうこともあります。音によるフィードバックがないために、何が音をたてているのかを自然に知ることができません。大人になった今でも、「どうしてみんなは、私には音によるフィードバックができないことをわかってくれないの」と思うことが多々あります。

ろう学校での生活：高等部

高等部に入ると、厳しく禁止されていた手話を使ってもいいことになりました。

それまでとの環境が大きく変わり、驚いたのを覚えています。中学部まで手話が禁じられていた理由は、「手話はすぐに覚えられる。その前に声を出す訓練をしなければならない」というものだったようです。時には、手話を使っているところを先生に見つかったら、鞭で打たれることもあるくらいの厳しさでした。

とはいえ、高等部に手話をこなせる先生はほとんどいなかったので、授業の多くは口話のままでした。

しかし、先輩たちはみんな楽しそうに手話で話をしていました。先生の目を盗んで手話をする必要がなくなったのは嬉しいことでしたが、複雑な気持でもありました。

〈今まで苦労してきたことはなんだったの？〉

手話の使用に反対する同級生もいて、学年会では手話と口話についてよく討論しました。

意見は二つに割れていましたが、私は自然と先輩の使う手話を覚えていきました。

手話とは、手の動き、顔の表情、体全体の動作などを用いる視覚に基づいた言語です。音声が健聴者にとってコミュニケーション手段であるように、聴覚障害者にとってはこれらの視覚的表現がコミュニケーション手段となります。音声にイントネーションやアクセントがあるように、手話にも表現の幅があります。

健聴者と聴覚障害者のコミュニケーション手段の特徴の違いを考えると、高等部の先生も大変だったろうと思います。

中学部までと異なり、高等部ではひんぱんに先生が交代していました。後で聞くと、聞こえない生徒を教えることで、ノイローゼになった先生も少なくなかったようです。

手話を使える先生の授業であれば、私たちは手話で学習することができます。中には、手話を習得してくれる熱心な先生もいて、遊びに連れて行ってくれることもありました。

しかし、多くの先生はただ黒板に字を書くだけ、そして、私たちはそれを書き写すだけでした。プリントを配って、後は先生は寝ているだけ、チャイムが鳴ったら、はい、さようならという先生もいました。

残念な授業

聞こえないことを、今も残念に思っているのは音楽の授業です。

楽譜を見ても意味がわからず、高い音は大きい、低い音は小さいなどと誤解していました。

文化祭の演劇に、男役として出演し、歌を歌ったことがあります。その日はＰＴＡの会議も行われていたので、母も学校に来ていました。しかし、舞台から見渡した観客席に、友人の母親の姿はあっても、私の母の姿はありませんでした。

帰宅し、「なぜ、来てくれなかったの」と母に聞くと、「つらくなって、途中で帰った」と言われました。

母は三味線をたしなみ、ピアノを弾くこともできました。そんな母にとって、どうがんばっても聞こえる人に及ばない私が歌う姿を見ていられなかったのでしょう。音楽の発表会でも、わけのわからないまま太鼓や木琴を叩く私の姿を見て、母はいつも泣きそうな顔をしていました。

ろうである自分を認めること

ある女子生徒が二週間の体験授業を受けに来たことがありました。彼女は元々、聞こえていたけれど、だんだん聴力が落ちてきたということでした。

そこで、「ろう学校に転校したらどうか」と言われ、どんな学校なのかと体験しに来ました。

彼女は私たちと一緒に授業を受けましたが、手話を知りませんでした。

私たちはデタラメの手話を教えたりして、からかったこともありましたが、それがよかったのかどうか、ほんの少しの時間で彼女はあっという間に手話を覚えました。

そうして二週間、彼女はすごく楽しそうにしていました。体験授業が終わり、「ろう学校に通うか、それとも普通校に戻るか」を決める時が来ました。

彼女はとても迷っていました。きっと、複雑な気持ちだったのでしょう。普通校では聞こえないので、授業の内容がわかりません。しかし、ろう学校は違います。

〈ここに来たら優等生になれるかな〉

そんな思いもあったようです。ろう学校は授業の内容が学年対応になっていない上に、内容が少し遅れていたからです。

周囲に「もう一度、聴力検査を受けてみるか」と言われ、再度、検査を受けたそうです。

検査の結果が出た頃には、彼女の難聴（聴覚が低下し、声や音が聞きにくい状態）は進行しており、ほとんど聞こえなくなっている状態でした。

検査の結果にショックを受け、泣く彼女を私は慰めました。

すると、彼女はこう言いました。

「あなた、どうして聞こえないのに平気な顔をしているの？」

私はきょとんとしていました。

「なんで笑っているの？ 無理して笑ってるんでしょ？」

彼女は聞こえなくなるまで、音楽が大好きだったそうです。しかし、難聴が進行し、音楽が聞こえなくなりました。彼女にとって、それは苦しみ以外の何ものでもありません。一方、私は物心つく前から聞こえません。だんだん聞こえなくなることに苦しむ彼女をどう慰めればいいのか、まったくわからなかったのです。

結局、私はただ泣いている彼女の背中をさすることしかできませんでした。彼女からすれば、腹が立ったでしょう。私が平気な顔をして、笑っていることにムカついたのではないかと思います。

しかし、最終的に、「自分を受け入れたら楽になったよ。ありがとう」と言ってくれました。

聞こえない自分を認める、受容する方が気持ちが楽になります。私はそう思うのですが、なかなかそうはいきません。難しい問題です。

反抗期の始まり

高等部に入る頃になって、ようやく私の本格的な反抗期が始まりました。つい最近まで、母は当時のことをよくこぼしていました。

母によると、成長過程でその都度、親に反抗していた子どもは、それが落ち着くのも早い、しかし、私のような「いい子」だった時期が長い子どもは、その反動が大きいそうです。

私の反抗の仕方は、暴れるというよりも母を困らせるものでした。物を壊したり、本を破いたり、家を飛び出したり。母はよく泣いていました。

そんなある日、自分が耳が聞こえないことで苦しんでいる、そんな気持ちを母がわかっていないと母を責めたことがありました。すると、母はこう答えました。

「そうよ、あなたの気持ちはわからない。でも、聞こえない娘を持った親の気持ち、あなたにはわかるの？」

私には返す言葉もありませんでした。

この話を同じろう学校の友人に話すと、すごく驚かれました。

友人の母親は、「私が前世で悪いことをしたから罰が当たった。そのせいで、あなたが聞こえなくなった。ごめんなさい」と謝るのだそうです。

どうやら母の考え方は、よそとはまったく違うようでした。母はそんなことは言わなかったし、私に謝ったこともなかったからです。

親子げんかの時も、たとえ母に非があったとしても母は絶対に謝りませんでした。

私は自分が悪くないと思っていても、このままでは気まずいと思い、「ごめんね」と折れてしまうほどでした。

後に「あなたのお母さん、心の中では言いすぎたと反省してたんだって。悪くない娘に先に謝られて、恥ずかしかったって言ってましたよ」と人づてに聞くこともありました。

母はそんな性格の人でした。

［第二章］

聞こえる人の世界へ

普通高校への入学

「あなたはろうの世界だけではなく、他の世界に一度、飛び込んでみた方がいい」

高等部の先生に言われた一言が、普通高校への入学を決めるきっかけとなりました。

どうしてなのか、自分なりに考えてみたところ、私はよく先生に意見する生徒だったからだと思います。

生物の授業で、「しわしわのエンドウ豆とつるつるのエンドウ豆をかけ合わせてできるエンドウ豆はどちらか」という例で「優性の法則」を教わったことがありました。

そして、先生はこんなことを言い出しました。「聞こえる人と聞こえない人をかけ合わせたら、聞こえない子どもができる可能性がないでもない。しかし、聞こえない者同士が親なら、聞こえない子どもができる可能性が高い」と、おそらく本人は軽口をたたいたつもりだったのでしょう。

私は特に気にとめていませんでしたが、たまたまクラスの中に一人だけ、親がろう者の女子生徒がいました。みんなが「あいつのことだ」「遺伝なんだ」とささやき合うようになり、彼女は泣き出してしまいました。

そこで、私は先生に「言い方がおかしい。たとえが悪すぎる」と抗議しました。

また、かわった保健体育の先生がいて、授業中に「絶対に名前を言ったらダメよ。あなたたちの先輩の○○さん、性病なのよ」と言い出しました。

その先輩は、私たちの友人が付き合っている人でした。その友人はみんなから非難の言葉を浴びせられました。

私はまたもや先生に抗議しました。すると、その先生は泣き出してしまいました。他の先生に呼び出された私は「怒られる」と思いながらも、状況を説明しました。しかし、ある先生が「あなたは間違っていない」と言ってくれました。

当時、ろう者は「健聴者と結婚すべき」と言われていました。ろう者同士では子どもがろうになる可能性があるからだ、というのです。しかし、私たちの間では、「相手がろう者でも健聴者でも関係ない。恋愛は自由であるべきだ」という議論がさかんでした。私たちの上の世代では、本人の知らないうちに「盲腸の手術だ」とだまされて、不妊手術を受けさせられたという話をよく聞きました。それでも、「自分は聞こえないのだから仕方がない」と諦めていたそうです。しかし、私の世代はそんな考えが、「自分たちの意志で自由に恋愛すべきだし、子どもだって産むべきだ」と、変わってきていました。

しかしながら、自分たちの考えと上の世代との間の溝がうまっていたとまでは言えませんでした。同級生の中には、ろう者同士で結婚し、ろうの子どもが生まれたことを何年もの間にもわたり隠し通し、子供は「健聴者」ですとウソをつき続けていた人もいました。

手話サークルに通う、ろうに理解があると思われる人たちの中にさえ、「ろう者同士で結婚して、生まれてくる子どもがろう者だとしても、それで良かったなんて言えるの」と言い放つような人がいる有り様でした。

そういう時代でしたから、ろう者の私たちが抗議するというのは少し勇気のいることでした。

そして、「あなたが間違っていない」と言ってくれた先生こそが、「普通校に行ってみてはどうか」と私の背中を押してくれたのでした。

試験の日

一般的に、ろう者が高校を出ても、新聞がきちんと読めなかったり、筆談や手紙などがうまく書けなかったりということがよくあります。ごく短い文章を書くことはできても、自分の心の機微までも伝えられる人は多くありません。語彙不足が表現をままならなくさせているのでしょう。

豊かな語彙を使いこなすろう者は、その多くが普通学校で学び、健聴者とともに生活してきた人です。しかし、それはインテグレーションと言われ、健聴者の環境でろう者が何倍も努力しなければならないという条件を背負うものでもあります。

私はろう学校の先生だけでなく、母親からも「社会に出れば、聞こえる人が圧倒的に多い。やがて健聴者の世界に入って苦しみ、壁にぶつかることがあっても、あなたならきっと生き抜くことができる」と諭されてきました。

そして、私自身も、ろう者だけの生活から抜け出し、健聴者との交流を求めてみよう、違う世界に飛び込んでみようという好奇心がありました。

そこで、ろう学校を卒業後、あらためて普通高校に入学することにしました。つまり、私の高校生活は六年間あることになります。

普通高校への入学試験の日は、母がついて来てくれ、試験中は体育館で待ってくれました。

試験が終わり、母が待つ体育館に行くと、母は寒さをこらえ、両手を握りしめて、私を待っていました。母の目には涙が溜まっていました。

「どうしたの？」

「つらかったでしょう」

母はそう言いました。試験が始まる時、「今からプリントを配ります」「鉛筆を持ってください」「では、始めましょう」とマイクで案内が流れていたそうです。しかし、私にはそれが聞こえませんでした。

「きっと由美子はいつ始めたらいいのかわからず、周りの様子をうかがっているだろう。そう思いながらマイクの声を聞いていたら、あなたが不憫で」

母は涙をぽろぽろと流し、「寒かったでしょう」と言って、私の手を握りました。私より母の手の方が冷たくなっていました。

体育館を出ると、雪が降っていました。

「大阪ではあんまり降らないのに、雪なんて珍しい。試験日の思い出になるね」

二人でそんな話をしながら帰りました。私は、試験に落ちたら、母に申し訳ないという気持ちでいっぱいでした。

〈どうか受かっていますように〉と、私は強く、強く願いました。

あの時の母の顔を、今も忘れることができません。

ろう学校から普通学校へ

合格したのは城南学園という女子高校でした。

普通校がどんな環境であっても、きっとうまくやれる、面白そうだ、と思っていました。しかし、そんなに甘いものではありませんでした。

まず、登校初日にびっくりしたのは、一クラスに生徒が五〇人もいたことでした。

担任の先生は、私のために席を教室の一番前の真ん中に置いてくださっていました。しかし、実際に授業が始まってみると、あまりに教卓に近すぎるため、先生が持っている教科書が邪魔をして、しゃべっている口が見えません。

教卓の近くで大きな声で話していればわかるだろうと思っていたそうです。しかし、いくら大声を出されても、まったく聞こえませんでした。

授業がわからないので、私はただ机に座り、ボーッとして過ごしました。後でクラスメートに一時間目から六時間目までの六冊のノートを借り、家で書き写し、翌日に返すようにしました。しかし、それでは宿題をする時間がありません。

しかたなく、一時間目は何もしない。二時間目は一時間目のノートを借りて書き写す。三時間目は二時間目のノートを書き写す。そして、最後の六時間目のノートは借りて帰って、書き写すようにしました。

そのため、事情を知らない他のクラスメートには、私がすごくまじめに勉強しているように見えていたそうです。

最初は誤解があったとはいえ、担任になっていただいた小川先生は本当にいい先生でした。高齢のおじいさん先生で、中学までの教育免状しか持っておられなかったにもかかわらず、私の耳が聞こえないことを心配し、特別に中学部から異動してまで、私の担任になってくださったそうです。というのも、同級生に難聴で苦しむTさんという女の子がいて、中学部では補聴器を隠されるなど、いじめられていたため、まったく聞こえない私はもっといじめられるだろうと案じられたようです。

さて、学校は校則が厳しく、パーマは絶対に禁止でした。長髪であれば三つ編みにする、スカートは膝上何センチ、などと細かくルールが定められていました。私はくせ毛だったために、パーマを疑われました。そのことを生活指導の先生に咎められ、「くせ毛です」と答えたところ、「うそをつくな」と言われました。

しかし、小川先生だけは「この子は本当にくせ毛です」と信じてくれました。

生活指導の先生に「証明できるか」と言われ、小川先生が「小さい頃の写真はある？」と尋ねてくれました。私は髪の毛がくるくると巻き毛になっている幼い頃の写真を持っていき、無事、疑いが晴れました。

高校一年の一学期が終わる頃、小川先生が紙を配って、「仲が良いと思う友だちを三人書きなさい」と言ったことがありました。

私はどうしようと思い、適当に席が左右隣の人、後ろの席の人の名前を書きました。

後から先生に呼び出されました。

「君のことを友だちだと書いている人がたくさんいたよ。安心した」と教えてくれました。

くるくると髪の毛が巻いている幼少の頃

難聴の友

私が難聴のTさんの存在を知ったのは、高校生活が始まってしばらくたち、私のことを物珍しく見る目が和らぎ、少しずつ仲良くなるクラスメートが増えてきた頃でした。

私は三クラスある普通科、Tさんは九クラスある商業科の生徒だったため、教室が離れていて、彼女の存在に気づくチャンスがなかったのです。先生に「会ってみるか？」と聞かれ、私は会いたいと即答しました。

ところが、会ってみると、彼女に「あなたと友だちになりたくない」と言われました。

「私は、聞こえないあなたとは違う」

仕方がない、と思いました。その日はそれ以上話すこともなく、別れました。

それから数日たったある日、クラスメートに「あなた、そこにじっとしてて」と言われました。私がいぶかしく思っていると、「そっと後ろを見てごらん」と。

さりげなく後ろを見ると、誰かがさっと隠れるのが見えました。

「誰？」

「以前から気になってたんだけど、ずっとあなたのことを見てるのよ。誰だか知ってる？」

私は首をふりました。

隠れた影を追うと、それはTさんでした。

「来てくれたんだ。嬉しい。こっちにおいでよ」

私がそう声をかけると、Tさんは憮然としていました。

「あなたのことが心配になって見に来た。友だちがいてよかったね。私、なんだかバカみたい」

「心配してくれてありがとう」

「良かったら、一緒にお弁当食べる？」と誘いました。

それ以来、Tさんは休憩時間になると、私のところに来るようになりました。お昼休みも、私たちの輪に入って、お弁当を食べるようになりました。下校する時も私を待っていて、一緒に帰るようになりました。

彼女と話すようになって知ったのは、彼女は私にはない「聞こえない苦しみ」を抱えているということでした。私は物心つく前に耳が聞こえなくなっていたため、聞こえないことを最初からそういうものだと思っていました。「耳の聞こえ」の問題にはまったく無関心でした。

しかし、Tさんは、私のようにまったく聞こえないわけではありません。

ろう学校を経験していない彼女は、小さい頃からずっと普通校に通っていました。そこではずっといじめられっぱなしの生活だったようです。

「あんた、なんで平気な顔してるの。聞こえないから、ノートを見せてくださいなんて、どうしてそんなことを平気で言えるの？　私には言えない」

彼女は私にそう言いました。

「もし、聞こえないなんて言ったら、いじめられてしまう。私はちょっとでも聞こえているんだから、聞こえているって言う」

「そんなのしんどいじゃない。聞こえないって初めから言ってしまった方が助けてもらえる」

「理解できない」

彼女は吐き捨てるように言いました。また、ある時は心身ともに疲れ果てた様子で、「私は生きていても意味がない」「生きる世界は厳しいけど、死の世界はどんな感じなのかな。死んでみようかな」と言い出すことがあって、はらはらさせられたものでした。

ある日、体育の時間に誰かが私を見て騒いでいることに気づきました。気にしないようにしていたところ、下駄箱にメモが置かれていました。

〈私はいつもあなたを見ています。元気なあなたに憧れています〉

差出人の名前はありません。Tさんに会ったので、この出来事を話しました。

「そういうの、やめて」

「でも、私は誰がこんな手紙をくれたのか探したい」

「探さないで」

彼女は冷たく言うと、そのままどこかに行ってしまいました。けれど、翌日になると、これまでと変わらず、休み時間には私と一緒にいるのでした。

しばらくして、うすうす気がついたのは、身体の弱いある生徒が私のことをずっと見ていたらしい、ということでした。おそらく、Tさんは私にその子と仲良くなってほしくなかったのでしょう。

苦しかった日々

「君ならつらくても、生きていける。あの子も君が救いになるだろう。あの子を頼む」

小川先生が私の担任をしてくださったのは、最初の一年間だけでした。二年生になると、私にTさんのことを託し、中学部に戻っていかれました。

しかし、新しいクラス担任は、私のことを面倒がっているように感じました。三年生の時の担任もいいかげんだったように思います。

私も心を閉ざしてしまい、「どうせ、わかってくれない」「気持ちを伝えようとしてもムダだ」と考えるようになりました。

一年生の時に仲良くしていた友人たちとも、クラス替えで離ればなれになってしまいました。新しいクラスメートは最初こそノートを貸してくれましたが、全学年の成績優秀者五〇人の中に私が入るようになると、露骨に貸すのを嫌がるようになりました。

「人のノートを借りるのは厚かましい」

「人のノートで点を稼ぐなんて、どういう神経なの」

そんな風に言われました。

だんだんみんなノートを貸してくれなくなり、私の成績は落ちていきました。

クラスメートと喧嘩になることもありましたが、クラス担任は面倒事を避けようとするばかりでした。私は、自分の言いたいことをうまく言えないまま終わってしまう歯がゆさだけを感じるようになりました。

そんなある日、勉強のできるクラスメートのひとりに「ノートを見せてほしい」と頼んだところ、交換条件として「あなたの家に泊まりに行っていい？」と尋ねられたことがありました。

「あなたが得意な数学を教えてよ。そのかわり、私はあなたに国語や英語を教えるから」

それは名案だと思い、私は喜んでＯＫしました。

その夜、まずは私が数学のノートを見せて彼女に教えました。しかし、「どうもよくわからない」と言われ、夜中までかかって教えます。それが終わって、やっと私の番だと思ったら、彼女は「もう眠い」と言って、寝てしまいました。

朝になって「ノート、どうぞ」と言われましたが、もう間に合いません。結局、私はテストを諦めてしまいました。

後日、不良グループの女の子に呼び出され、こう言われました。

「あの子、あんたが勉強できないようにしてるんだよ。あいつに利用されてる。勉強ができるから足を引っぱってるんだよ」

ショックでした。

さらに、なぜか私が叱られることになってしまいました。例の生徒が、クラス担任にこう言ったのです。

「私はいろいろ親切にしてあげたのに、由美子さんは冷たい」

先生は私にこう言いました。

「せっかく親切にしてくれているのに。あなたが悪い。勉強ができなくて当たり前だ。不良グループと付き合ったりなんかしてるからだ！」

「違う。不良と言うけど、私にいろいろと教えてくれる。優しいところがある」

そう反論したかったのですが、まったく話を聞いてくれませんでした。

私はだんだん、普通校をやめて、ろう学校に戻りたいと考えるようになっていました。

続・難聴の友

ある日の休憩時間、Ｔさんがやって来て泣き出しました。しかも、ただの涙ではなく、号泣しているのです。

理由を聞いても、「先生に怒られた」「もう辞めたい」としか言わないので、わけがわかりません。

そろそろ次の授業が始まりそうだったので、「お昼ご飯の時に私が行くから、待ってて」と言いました。

そして、お昼になって彼女の教室に行きましたが、彼女はいませんでした。

「あの子、救急車で運ばれたよ」

そう教えられ、驚愕しました。原因はそろばんでした。

彼女は商業科でしたので、そろばんは必須科目でした。二級の資格を取ることが卒業の条件のひとつでした。

三級試験までは問題用紙を見て解くのですが、二級試験は先生が読み上げる数字を聞き取らなければなりません。彼女はそれがうまくできず、みんなの前で先生にそろばんの角で頭を叩かれたようです。それが彼女の涙の原因でした。

その後も泣き続けた結果、息ができなくなって、パニックになった上に、倒れてしまい救急車で運ばれた、ということでした。命に別状はありませんでした。

私は、彼女にはっきりと言いました。

「あなたには、聞こえる場合と聞こえない場合があるんだから、全部ひとりでするのは無理よ」

私のクラス担任ははっきり言っていいかげんな人でしたが、Tさんのクラス担任はいい先生でした。Tさんはよくうつむいて顔を上げないのですが、それでは聞こえないので、下から覗き込むようにしてでも目を合わせ、話そうとしてくれるような先生でした。

私はその先生のところに行き、Tさんのハンディキャップについて話をしました。

「彼女は自分の難聴を認めない。聞こえているから大丈夫だと言うので、特別扱いにしなかった」と、先生は言いました。

しかし、クラスのみんなはそのことに気づいていました。クラスメートのひとりは、「Tさんを助けてあげたかったけれど、助けられなかった」と言っていました。

また、別の人は「よかったら、ノートをどうぞ」と彼女に声をかけたそうです。しかし、彼女はささやかな見栄を張り、「聞こえていたから大丈夫」と断っていました。

こうなると、クラスメートは彼女を助けたくなくなってしまいます。

ある日、彼女の名前を呼んでも反応がないので、「どれくらい聞こえているのか試そう」ということになり、いろいろと言葉をかけたそうです。悪かったとは思っているようですが、その言葉の中には「つんぼ」もありました。するとそういう言葉にかぎって、しっかり聞こえてしまうものです。彼女はショックを受けて泣いていました。

そういうことが積み重なり、そろばんのことで先生に怒られている時もクラスメートは彼女を助けようとしなかったようです。

私からの説明もあって、担任の先生はTさんに「ホームルームでみんなに話してみたらどうだ」と提案してくれました。私もその場に行き、「彼女は聞こえていない。わかってあげてほしい」と話しました。クラスのみんなは「よくわかった。悪かった」と言ってくれました。

再会そして卒業

Tさんが倒れたこともあり、私は普通高校を辞めたいという気持ちが大きくなっていました。

ろう学校にいた仲間たちは、高等部を出た後、二年間の専攻科という課程に進んでいました。そこへ戻りたいと考えたのです。

夏休み、ろう学校に遊びに行きました。私は卓球クラブに所属していたので、そのクラブ活動を見学することにしました。顧問の先生は「久しぶりにやるか」と誘ってくださいました。

ところが、かつての仲間たちの反応は冷たいものでした。

「どうして、おまえがここに来るんだ」

「おまえは聞こえる人の学校に移ったんだろう。ろう学校に用はないはずだ」

「聞こえる人の世界に行ったんだから、戻ってくるな。自分が賢いのを自慢しに来たのか」

ショックでした。自分にはもうどこにも居場所がないと感じました。

私は、一年生の時に担任をしてくれた小川先生に相談しようと、放課後、先生に会いに中学部に行きました。

先生がどこにいるのか探していると、先生は誰もいないトイレをゴシゴシと掃除していました。その姿に私はびっくりして、理由を尋ねました。

「自分は公立学校に長く勤め、定年退職した後、この私立学校へ舞い込んできた。こんな年で働けるありがたさもあるし、生徒みんなと過ごせることにも感謝している。子どもたちが気持ちよくトイレを利用するために、こうやってきれいにしておく。きっとみんなも次の人にも気持ちよく使ってもらえるようにきれいに使ってくれるだろう。君は今、もしかしたらつらいことがあるのかな。でも、いずれ、みんながわかってくれる時がくるよ」

先生はそうおっしゃいました。私は、この先生に心配をかけるようなことはできないと思いました。

当時、先生は既に七〇才を越えていらしたと思います。今はどうしていらっしゃることでしょう。小川先生に勇気をもらい、そして、Tさんのためにもという思いで、卒業まで普通校に通うことができました。この二人との出会いは、本当にありがたいことだったと思っています。

Tさんがやっと勇気を出し、クラスのみんなに自分が難聴であることを認めてもらい、学校生活に花が咲いたように思われた頃には、もう高校生活が終わりに近づいていました。

卒業式の日、彼女はこう言いました。

「今まで聞こえないことを、みっともないと思っていた。でも、聞こえないと言えるようになって気持ちがスッとした。これからは、手話の勉強もして、がんばるわ」

彼女は明るい笑顔をしていました。私も、彼女がいたからがんばれたのだと思います。

自分ひとりだけじゃない。

そう思えることが、人生の励みになるのでしょう。

ろう者のための手話との出会い

誰でも子どもの頃には、親への反抗期があるものでしょう。

私の場合、ろう学校の高等部に入った頃になって、本格的な反抗期が始まりました。しかし、それは「何を言っても無駄だ」という諦めに近いものでした。

最もひどかったのは普通高校を卒業してからの一年間の浪人時代です。

自分自身、何がしたいのかがわからず、死ぬことばかり考えていました。数学が得意だったので、理工系の大学を目指すことにはしたのですが、明確な目標があるというわけではありませんでした。なんとなく、漠然とした思いでした。

すでに大学に行っている友人たちとは都合が合わないし、かといって、ろう学校に遊びに行ってものけ者にされます。家で母親と顔を付き合わせるのも嫌でした。

私がびりびりに破いた参考書を、母が泣きながら掃除していることもありました。大学に行っても、いいことなんてあるんだろうかという不安もありました。

そんなある日、私は大阪城公園をぶらぶらと散歩していました。

すると、楽しそうにスケートボードで遊んでいる集団がいました。

（耳が聞こえません。私にスケートボーを教えてください）

メモを書いて渡そうとしたら、彼らは手話で会話をしていました。そこで、今度は手話で「私にスケボーを教えてください」と話しかけたら、怪訝な顔をされました。

「おまえ、誰？ 手話も下手だし」

そう言われてショックでしたが、それでもしつこくお願いしました。

「しょうがない。おまえ、教えてやれよ」

彼らのひとりが渋々といった様子で、私にスケートボードを教えてくれました。とても楽しい時間でした。

帰りに喫茶店に寄ることになり、私も誘ってくれました。ところが、彼らの手話が早すぎて、ほんの断片しか理解できませんでした。内容が深い話になると、まったくついていくことができず、ボーッと眺めているだけ。しかし、それから何度も彼らに会ううちに、手話を覚えて、話の内容が理解できるようになりました。

「手話って面白いんだ」と思いました。

というのも、彼らの手話は、私が生野ろう学校高等部で身につけたものとはまったく違ったからです。

私が知っていた手話は口話と手話が対になっているもので、健聴者も覚えやすい方法です。日本語対応手話とも言います。

当時、大阪では三校交流といって生野、堺、大阪市立の三つのろう学校で交流がありました。しかし、友人は「市立は不良学校だから、あまり関わらない方がいい」と言っていました。そのため私たちも怖くて関わらないようにしていたのです。

彼らはその市立聾学校の生徒で、口話ではなく手話を中心に学んでいました。そのため、彼らは、多くの手話の語彙を知っていました。その中にはもちろん、悪い言葉もたくさんありましたが、とにかく情報量が桁違いに多かったのです。

生野は真面目すぎるため、表現が堅苦しく、世界が狭かったのだと思います。大阪市立の生徒は確かに不良が多かったのかもしれませんが、私たちよりずっと社交的で、開けた考え方をしていました。

スケートボードで知り合った友人たちの手話はとてもなめらかで、スピーディーで、魅力的なものでした。

それは日本語対応手話とはまったく異なる独自の手話で、口話と手話の両方を巧くミックスした「ろう的な手話」というべきものでした。最初は彼らが何を話しているのかわからなかったのですが、彼らとはスケートボードだけでなくサーフィンなども通じ、頻繁に会うようになりました。最初の一年ほどで自然と「ろう的な手話」が身についていました。

サーフボードの表面にワックスを塗っている私

サーフボードに乗っている私

しかし、「ろう的な手話」は、健聴者の知っている手話とはかなり違うものです。そのため、ろう者の多くは健聴者と話す時には日本語対応手話を使ってコミュニケーションをとっています。

健聴者に尋ねたところ、ろう的な手話を健聴者が使えるようになるのはかなり難しいのだそうです。

ろう者と毎日会ったり、飲みに行ったりして、日常的にろう的な手話に接していれば、身につくかもしれないということでした。また、ろう者も、健聴者と話をする時は、どうせ通じないと思って、日本語対応手話に切り替えてしまいます。そのため、さらにろう者的な手話に触れる機会が少なくなります。そのため、手話を学んでいる人でさえ「ろう的手話なんて見たこともない」人もたくさんいると思います。

つまり、手話には日本語対応手話とろう者の集団の中で作られたろう的な手話、「日本手話」があるのです。

健聴者を交えて話をする時は日本語対応手話で話しますが、ろう者同士で話す時は日本手話を使います。すると、そこに居合わせた健聴者は「手話が早くてわからない」「その単語は習っていないのでわからない」となります。

日本手話は、手話サークルでもなかなか学べません。実際のところ、ろう者の集団に入って、目で見て盗むしかないのが現状です。

家庭教師との出会い

さて、浪人生になった私は、一般的な予備校に行くわけにはいきません。ろう学校の先生は、母に「手話のできる家庭教師を探してはどうか」と提案しました。

そこで、ある教育大学の学生さんを紹介してもらい、家庭教師をしてもらうことになりました。

しかし、当時の私は「生きていてもつらい」なんて考えている時期ですから、容易に心を開きません。

家庭教師の先生から「勉強も大事だけど、実際の大学がどんなものか知っておいた方がいい。一度、大学に来ないか」と誘いを受け、一緒に大学に行きました。

そこで脳性麻痺の障害がある大学院生のAさんを紹介されました。

「彼は数学が得意なんだ。教えてもらってみる?」

Aさんは電動車椅子に乗っていて、また、口の動きがうまくコントロールできなかったため、家庭教師の先生の手話通訳を通して、会話をしました。

そのうち、Aさんが足でペンを持ち、筆談でコミュニケーションを取るようになりました。Aさんの前に正座する私に、Aさんは足の親指と人差し指でボールペンをはさんで、教えてくれました。

ある日、勉強も終わり、二人で喫茶店に行きました。Aさんはコーヒー、私は紅茶を注文しました。

コーヒーがテーブルに運ばれてくると、Aさんが「すまないが、その砂糖をコーヒーに入れてくれない？」と言いました。

「砂糖、一つ？ 二つ？」

「三つ。僕ね、苦いのがダメなんだ」

私はAさんのコーヒーカップに、スプーンに山盛りにした砂糖を入れました。

「ありがとう。なぜ君に頼んだか、わかる？ 僕は一人でできることは自分でやるんだけど」

「どうして？」

「家では角砂糖を使ってる。でも、これは粉砂糖。僕は緊張すると手が震えてしまうから、スプーンから砂糖がこぼれてしまうんだ。だから、お願いしたんだよ。角砂糖や、スティック砂糖なら、問題なく入れられる」

「ああ、なるほど」

もしかすると、私が暗く落ち込んでいることに気づいたAさんが、私を励ますような気持ちでこんな話をしてくれたのかもしれません。

Aさんとは毎週一回は会って、いろいろな話をするようになりました。

最初はどうやってコミュニケーションを取ればいいのかわからず、かなりとまどいました。手話通訳をしてくれていた家庭教師の先生も、通訳というより友だちという立場になり、そのうちに疎遠になってしまいました。

しかし、慣れてくると相手が何を言いたいのか、お互いにわかるようになってきました。Aさんは「自分は緊張するとかたくなって、しゃべりづらくなる」と言っていました。しかしながら、何度か会うごとに緊張がとけていき、コミュニケーションがスムーズになっていきました。

Aさんのご両親はこどもの障害のことが心配で、Aさんのやりたいことをすぐに止めようとしてしまう、それがうっとうしく、過保護な家庭環境から抜け出したくて、一人暮らしを始めたそうです。

私がろう学校にいる間は、同じ障害を持つ者同士の生活ですから「聞こえない」という苦しみはまったくと言っていいほどありませんでした。そして、普通校に入ってからその苦しみを感じるようになりました。しかし、それは運命、仕方がないことと思って、諦めていました。

そういったことをいろいろ考えてみると、だんだん「障害」に対する自覚が生まれ、私は「福祉の勉強がしたい」と思うようになっていました。そして、私は社会福祉学科のある花園大学に進学することにしました。

高校の卒業証書

さて、Aさんとの出会いに勇気づけられた私が無事に大学に合格したということで、家庭教師をしてくれた方やろう学校でお世話になった先生たちがお祝いをしてくれることになりました。

そのとき突然、高校から「卒業証書をもらってほしい」と言われ、驚くことになります。

ある理由から、私は高校の卒業式に出席していなかったからです。

私が普通高校を受験した時、試験に合格した自信があったのにもかかわらず、実は当初、不合格という結果が出ていました。

そのことで、ろう学校の先生に呼ばれ、「試験は簡単だった」と答えたところ「そうか。ちょっと待っていて」と言われ、さらに二週間ほど過ぎた頃に「合格だよ」と言われました。

私は「何か裏で手を回したのか」と思って腹を立てました。

「自分の実力で合格したならいいけど、そうでないのに合格したのなら、おかしい」と抗議しました。この時、先生は弁護士に相談していたそうです。試験結果は、やはり合格ラインに達していたのに、面接で「聞こえない」と答えたのを理由に不合格にされたということでした。

しかし、先生は受験にあたって、「この子は耳が聞こえませんので、面接を受けられません。筆記試験で合否を判定してください」と事前に伝えていたそうです。弁護士を通して、その事実を抗議した結果、学校は決定をひるがえし、私を合格にしたということでした。

そうして、私は普通高校に通うことになったのですが、高校一年の最初の授業でおかしなことに気づきました。

教室の席順は五〇音順に並んでいました。私の旧姓は「からさき」ですが、なぜか最後の四九番目に座るよう指示されたからです。合格したと言いながら、実際は聴講生という扱いになっていました。

「あなたはろう学校を既に卒業している。だから普通学校も卒業して二重に卒業証書を得る必要はないだろう。もちろん、みんなと一緒に授業を受けられる。ただし、卒業証書を出すことはできない」

これが学校の言い分でした。つまり、事実をごまかしていたのです。正式な扱いを受けていないと知った私は落ち込みました。普通高校なんて辞めてしまおうと何度も思いましたが、ろう学校の先生の「きちんと普通高校で学んでほしい」という言葉を思い出して、がんばったことを今でも覚えています。

どうして、普通高校での生活を終えて一年も経ってから卒業証書をくれる気になったのか、私にはわかりません。晴れて大学に合格したからなのでしょうか。私は普通学校の先生に「これからは、ろう者が筆記試験で合格ラインを超えているなら、ちゃんと受け入れてほしい」と言いました。

現在、その高校ではろう者も他の学生と同等に入学し、学ぶことができています。ろう者の生徒第一号だった自分が役に立てたのであれば、嬉しく思います。

福祉を学ぶ

晴れて大学に合格した私は福祉の勉強に力を注ぎました。

入学式などのセレモニーでは、大学側が手話通訳をつけてくれました。また、講義の時には、手話サークルの方が手話通訳をしてくれましたので、普通校時代のような苦労はありませんでした。友人もたくさんでき、楽しい毎日が続きました。

私が入った手話サークルは「すみれ」という団体で、七年ほど前、ろうの学生が友だちを作るために立ち上げたと聞かされました。

三〇人ほどのサークルで、私以外にろう者は五人ほどいました。たしかに友だちを作る意味では苦労がなく、楽しかったのですが、だんだん私は「このままでいいんだろうか」と感じるようになりました。

というのは、他のみんなは授業の手話通訳をするためにそこにいるわけではなく、私と同じように勉強するために大学にいたはずです。しかし、授業中、私の通訳をしていては勉強ができません。どうしたらいいんだろうと考えるようになりました。

そんなある日、一人の先輩が「聞こえの保障というものを考えないといけないね」と言いました。

そこから別のサークルを作ろうという話になり、大学二回生の時に手話サークル「ありんこ」を立ち上げました。

これは友だちづくりではなく、ろう者に聞こえのサポートをするのが目的の団体です。たとえば、研究ゼミなどで先生と学生が討論をするような時は、きちんとした手話通訳が必要です。そこで、通訳をかってくれた学生に対し、謝礼を払ってほしいと大学に要望しました。

そのきっかけとなったのは、大学にある池の噴水でした。

偶然、同じ学科にいた視覚障害の学生が教えてくれた話がありました。大学のキャンパスにある池には噴水が設置されていました。池のまわりには石づくりのベンチが置かれています。多くの学生が、そこを待ち合わせ場所として使っていました。

しかし、実はその噴水は視覚障害者のために作ったものだったのです。池に落ちないよう、噴水の音で池があることをわかるようにしたということでした。ベンチは柵の代わりです。それらは大学との交渉によって設置されたものでした。

その話を知り、耳の聞こえない人が勉強するための保障として手話通訳をつけてほしい、と大学と交渉することができました。

「ありんこ」は、最初のメンバーが卒業するとろう者が私一人になっていましたが、全体で五〇人ほどの規模になりました。

大学四回生の文化祭では、手話サークル以外の手話ができる人にも「みんなで一緒にやってほしい」と声をかけ、「手話ができます」という腕章を付けることにしました。

最初はみんな少し嫌がったのですが、ろう者にとっては「トイレはどこですか」と尋ねるだけでも、手話のできる人が周りにいることがわかると、とても助かります。そうお願いして、みんなが腕章を付けてくれることになりました。ろう学校の友人にもたくさん声をかけて宣伝し、大学に遊びに来てもらいました。

文化祭に訪れた多くの保護者から「聞こえなくても大学に行けるの?」と質問もされました。たくさんの人にご協力をいただき、みんなと仲良く楽しい時間を過ごせたと思います。

勉強の方はというと、私は「女性学」のゼミに入っていました。担当教授は志村先生という女性の方でした。

私が聞こえないことも理解してくれ、普通に接してくれました。

志村先生は私の卒業式の日、「おいしいものを食べに行こう、ビフテキを食べに行こう」と誘ってくれました。私のいとこも含め、袴姿のまま三人で食べに行きました。

そして、大学の近くにあるレストランに座っていると、いとこが「外を見て」と言います。

窓の外を見ると、大学の友人たちがたくさんいました。どうしたのかと聞くと、みんなが私のことを探していて、「あのレストランにいる」と知り、わざわざ会いにやって来てくれたのでした。

先生は「良かったら、入ってきなさい」と言って、みんなにハンバーグをごちそうしてくれました。そして、「たくさん友だちがいて、良かったね」と言ってくださいました。

今でも楽しい思い出です。

暗闇の恐怖

楽しかった学生時代ですが、一つだけ今でも忘れられないほど怖かった経験があります。それは友人たちと山小屋に泊まりに行った夜のことです。

その山小屋には、決まった時間になると、白い着物の女性が悲しい顔をして出てくるという噂がありました。

私は肝試しが大の苦手なのですが、みんなが見に行くと言うので、渋々ついていくことにしました。二台の車に八人が分乗し、山の奥へ向かいました。

周りには何にもなく、舗装されていない道の先に田んぼがありました。

そして、田んぼの向こうに、噂通りのボロボロの小屋が建っていました。小屋に行くには、車を降りて細いあぜ道を通らなければなりません。そこで、みんなで車から降り、車のライトの光を頼りに小屋へ向かって歩きました。

やっと小屋にたどり着いたかと思うと、急に車のライトが消え、真っ暗になりました。

みんな慌てて車の方へ向かって走り出しました。しかし、私はバランスを崩し、こけてしまいました。

何にも見えない真っ暗闇で、必死に立とうとするのですが、うまくいきません。平衡感覚を失い、うまく立てないのです。

周りに誰もいませんでした。闇の中、ただ風と草木の感触だけがそこにありました。

みんなはどこへ行ってしまったのだろう。私は助けを待ちましたが、いつまでたっても誰も来てくれません。

一緒に来た八人の内、健聴者は一人だけでした。あとの六人は私と同じろう者。ということは、一人を除き、誰も音を頼りにすることができないということです。

私はだんだん怖くなって、パニック状態になり、大声でわめきました。すると、やっと健聴者が私を助けに来てくれました。

手を引いてもらい、何度もころびながら車が置いてあるところへ戻りました。

ようやく着いたところで車のライトが点灯し、みんなが「やった！お疲れさん」と手を叩いているではないですか。

実はこれは、私が怖がることを面白がったいたずらでした。私はといえば体じゅう汗びっしょりで、この時の恐怖がしばらく消えず、不眠状態が続きました。

「耳が聞こえない上に、もし、目まで見えなくなったらどうしよう」、そんな考えにとらわれていました。耳が聞こえないことよりも、見えないことで平衡感覚が失われることがこれほどまでにおそろしいとは思いもしませんでした。

［第三章］

就職・結婚

コミュニケーションを知る

大学を卒業した私は、就職活動後、宝塚市にある総合福祉センター「しおんの園」という在宅障害者デイサービスで指導員をすることになりました。大学の先生や知り合い、母の友人にもお願いをして、仕事を探したところ、「しおんの園」の採用試験に応募することになりました。ただ、先方は地元出身の人を求人していました。しかし、私は「どうしても受けたい」とねばり、試験を受けることができ、無事に採用にいたることになりました。

「しおんの園」では就職や外出の困難な障害を持つ利用者が、週三回通所し、日常生活訓練や機能回復訓練などを受けていました。私は指導員として二年間、勤めました。

しかし、当初、利用者の保護者からは「聞こえない人にまかせるのは心配。聞こえないんだから、ろう学校の先生にでもなればいいんじゃないの」と言われました。実際、障害者の口話を読み取るのはなかなか難しいものでした。それでも、「とにかくやらせてほしい」と辛抱強く仕事に取り組み、周りに少しずつ認めてもらえるようにがんばりました。

そんなある日、ある利用者が食事中にてんかんの発作を起こされました。

しかし、職員は誰も気づいていませんでした。他の人と話をしながら食事介助をしていたため、気づかなかったのです。偶然、私がすぐに気づき、対応しました。

「どうしてわかったの？」

みんな不思議そうにしていました。私は聞こえないので、いつもみんなの顔つきを見ています。それに比べると、健聴者は相手の声に頼るので、あまり相手の顔を観察しません。

ある時、重度の障害者が乗った車いすを押していて、同僚が背後から手を叩いて私を呼んだことがありました。同僚は私が聞こえないことを知っていたのですが、つい普段のくせで手を叩いたそうです。

私がふり向いて「何ですか？」と言ったので、同僚は「聞こえたの？」と驚いていました。その時も聞こえたわけではなく、車いすに乗っていた障害者が、同僚が私を呼んでいるのに気づき、私に伝えようとしてくれました。そのしぐさや反応を見て、誰かが後ろにいると気づいたのです。

利用者の中に、ポリオが原因で障害を持ち、発声ができない人がいました。

何かを尋ねなければならない時は、舌を右に出せば「はい」、左に出せば「いいえ」といった合図を決めて対応していました。

ある時、その方が「腰が痛いので、体勢を変えてほしい」と言っているのを、もうひとりの職員に伝えました。その職員は「音楽が聞きたいんじゃなくて？」と聞き返したので、「体勢を変えたいんだよね。合っているよね」と確認すると、その方は舌を右に出しました。私がその方の様子をよく観察した結果でしたが、もうひとりの職員はすごくびっくりしていました。

他にも知的障害がある、すごく身体の大きい女の子もいました。

朝礼の時間が長く、その子はいつもいらいらして動き出してしまいました。その時は指導員が

「もう少しだから」と押さえつけました。すると、彼女は暴れ出し、大きな声を出したり、立ったまま、その場でぐるぐる回り始めたりしました。

しばらくして、私が持ち回りで彼女の担当をする番になりました。できるかなあと不安に思っていました。

朝礼が始まると、彼女が身体を前後に揺らし始めました。私も同じように身体を揺らしてみました。

朝礼は音声だけなので、朝礼の内容がわからない私には彼女の気持ちがわかるような気がしたのです。彼女は次々と動きを変えました。私も同じように彼女に合わせて動きました。彼女は嬉しそうに、笑ったり、私と肩を組んだり、まったく暴れることはありませんでした。

これがコミュニケーションなのだな、と思いました。

翌日、彼女のお母さんが園にお越しになり、担当者が私だったことを知ると「あなただったんですね。あの子、すごくにこにこして、帰ってきたんです。誰が担当してくれたのかなと思って」とおっしゃいました。すごく嬉しかったことを今でもはっきり覚えています。

ある日、脳性麻痺の利用者の歯の治療のため、歯科医に園まで往診に来てもらったことがありました。

その様子を見て驚いたのは、歯科医が積極的に話しかけていたことでした。

「年はいくつ？」

「見た目が若いね」

「好きな人はいるの？」

「それって綺麗な人？」

そんな他愛もない会話でした。最初は「なぜこんなことを聞くんだろう」と思っていましたが、すぐにそれは緊張をほぐすための会話だとわかりました。

もし、そこで患者に対して「静かに」「じっとして」などと言うと、本人にそのつもりがなくても、余計に体が動いてしまいます。「きちんとしないと」と思えば思うほど緊張が高まり、こわばって思いもかけない動作が出てしまうのです。顔を押さえてしまったりすると、さらにうまくいかなくなります。

そういったことが本当に勉強になった二年間でした。

選択肢がない苦しさ

「あなたはいやなことを聞かなくてすむから、ある意味では恵まれている」と、園の同僚に言われたことがありました。

職員同士で何か「困ったね」という顔をしながら、話しているのを見かけた時のことでした。

「どうしたの？」

「あなたは知らない方がいいと思うわ」

しかし、私は話の内容を知りたいので、さらに聞き返しました。それでも、「いいわよ、いいわよ」と言われてしまい、しまいには、「聞こえないからある意味いいよね」とまで言われました。

しかし、「聞かない」と「聞けない」では意味がまったく異なります。

聞きたくても聞けない、情報を自由に選択できない歯がゆさを理解してもらうのは非常に難しいと痛感しました。この時は腹が立つというより、悲しかったのを覚えています。なぜなら、その同僚はいつも私に情報を伝えてくれる仲の良いお姉さんのような存在の人だったからです。

ここで怒ると教えてもらえなくなるので、そんな時は笑って「でも、知りたいなあ」と辛抱強く尋ねると、ポロっと教えてくれる、そんな感じでした。

ようやくわかった内緒話の内容は、「職員の数が減らされるらしい。誰が辞めさせられるんだろう」でした。だから、あなたは知らない方がいい、と思ったのでしょう。

私ははっきり物を言う方で、所長補佐とよく喧嘩をしていたので、私のことを心配してくれたのかもしれません。

たとえば、リハビリについて所長補佐と考え方がぶつかったことがありました。

歩行が困難な利用者には関節などに補装具をつけて、リハビリをしていました。しかし、補装具がきちんと装着されていないと、関節がさらに曲がってしまいます。中には、自分で補装具がきちんとつけられない利用者もいました。所長補佐は「きれいに歩く必要があるから、補装具の指導をしろ」という考えでした。しかし、私はその必要はないと答えました。「大切なのは、これから結婚するかもしれない彼らが自立できるように、自分で何ができるのかを優先して指導すべきだ」というのが私の考えでした。

また、若い男性で脳性麻痺の利用者がいました。

私が担当していたのですが、ある時、彼が「トイレに行きたい」と言いました。しかし、その日、付き添っていた男性のボランティアは介助方法を知りませんでした。「私が行きます」と言うと、彼は恥ずかしそうにしていました。彼と私は同年代で、それで嫌だったのだと思います。そこで、男性には男性、女性には女性が担当して、指導すべきだと所長補佐に意見しました。しかし、「人が足りないから仕方ない」と返ってきました。

障害者であっても、恥ずかしいという気持ちは当然あります。障害者だから、仕方がないという考え方はおかしい、この時は揉めました。結局、誰も男性職員がみつからず、「ごめんね。私、女性だけど見ないからね」などと言って、介護しました。彼は苦笑いしていました。

車での送迎でも、ひと悶着ありました。

障害者を抱えて車に乗せる際、私は「今から運ぶからね」と声かけをして、一人で運んでいました。すると、所長補佐から「二人で抱えて乗せる方がいい」と言われました。

「君が一人でできるからといって、一人でしていたら、他の人も自分一人でやらなければならなくなる。職業病で腰を悪くするからやめた方がいい」というのが理由でした。

一人で人間を抱えるのが重いのは確かです。しかし、二人で抱えると、二人がそれぞれ自分の思う方向に動いてしまい、利用者をよけいに怖がらせることが多かったのです。すると、本人には暴れているつもりがなくても、緊張で体が固くなり、思いもかけない動きをしてしまいます。車への移乗が余計に危なくなり、途中で職員がこけることもありました。

一人で抱えると、そんなことはないので、相手は安心し、緊張もせず、体もリラックスして、職員が楽に運べました。所長補佐にそう説明しても「ダメだ」と言われました。

しかし、私はその後も「何かコツがあるはずだ」と考えていました。

高齢のお母さんでも、障害のある子どもを一人で抱えて移乗させている、高齢のお母さんでもできるのなら、何かコツがあるはずだ。そう思い、お母さんのやり方を見て、テクニックを盗み、一人でも腰を痛めずに介助できるようになりました。一人でも介助できるし、二人でもできる。相手に合った方法を選ぶことが大切だと思うのです。

若い指導員の方へ

指導員の仕事をする中で、失敗したなと思うこともたくさんあります。

その中にはケガもありました。脚に障害があり、先端にゴムのついた杖を使っている方がいました。杖の途中にでっぱりがあり、そこに肘を載せて歩くのですが、私がよそ見をした時に、手が滑ってしまい、杖の先がアゴに当たって出血してしまったのです。病院に連れて行き、お詫びをし、ご家族にもお詫びに行きました。ご家族は「大丈夫です」とおっしゃってくださいましたが、一日中、落ち込みました。

また、少し厳しくしすぎたかなと思うこともあります。

それは車椅子を使っている利用者の指導でした。

食事の時は車椅子から降り、畳に座っていました。その時、担当者に「箸を取って」と命令していました。しかし、私が担当になると「自分で取りなさい」と言うので、彼女は怒り出しました。私はとにかく「自分で取ってください」と譲りませんでした。

「ゆくゆくは誰かと結婚したいでしょう？　だったら、自立する必要がある。お箸を取ってと言えば、ここの職員は取ってくれる。それは優しいのかもしれない。職員もその方が楽でしょう。でも、私はあなたのために自分でやった方がいいと思っている」と言いました。

実際、彼女が箸を取るのを見守るのは時間がかかります。私が取ってあげた方が早いのです。私は「時間はかかるけど、あなたのためだ」と言いましたが、彼女はふくれてしまいました。

すると、トイレの際に介助しようとしても、私の手を振り払ったり、トイレに入ったまま鍵をずっと開けなかったりし、私は少し言い過ぎたかなと悩みました。みんなにも「優しくしてあげればいいのに」と言われ、私自身、自分が正しいのか間違っているのか迷いました。「もう来てくれなくなったらどうしよう」と思いましたが、結局、自分自身に確信を持つしかないと腹をくくりました。

しかし、その内、彼女が「教えてください」と言うようになりました。

彼女とコミュニケーションを取るようになって、彼女のお母さんは子どもを生んですぐに亡くなり、お父さんとおばあさんが苦労して育てたということを知りました。家での細々したことは、おばあさんが何もかもやっていたのです。

ある時、お茶の当番を彼女に「やってみる?」と尋ねると、彼女は「怖い」と言いました。「コンロに触ると、ガスが爆発する」

おばあさんからそう教わったそうです。私は「ここのコックをひねるだけよ」と言って、お湯を沸かす作業を任せました。お茶を淹れたら、お盆に乗せて運びます。車いすにお盆を載せられるよう、台を作るなどの工夫もしました。

もし、目の前に若い指導員がいたら、「障害者を対等に見てほしい」とアドバイスします。

彼らは何もできないだろうから、私がやってあげるではなく、自分でできるところはさせる、または、自分でできるように応援する、というふうにしてほしいと思います。

「障害者だからかわいそう」と考えず、できないところを周りが手伝う、そう考えてほしいと思います。

生活音がわからない

私は二十八才で結婚しました。相手はサーフィン仲間の一人で、健聴者でした。付き合い始めたのが十九才の頃ですから、十年近く交際していたことになります。

婚約中、母から「私の姉に、彼を紹介しなさい」と言われました。

そこで、私は彼を伯母の家に連れていき、一緒に食事をしました。

私たちが帰った後、母が伯母に感想を聞くと「由美子の食事の音がうるさくて、恥ずかしかった」と言われ、母は「しまった！」と思ったそうです。

そんなことがあり、母に三つのことを注意しなさいと言われました。

一つ目が、食事中の音に気をつけなさい、ということでした。

「スプーンをがちゃがちゃさせると、うるさい」と注意されます。しかし、私はさほど大きな音をたてていないはずなのにと、いつもうっとうしく思っていました。

これは健聴者の人にも想像のできないことではないと思います。ある人から、イヤホンをして、音楽を聞きながら歩いていて、途中で音楽が止まり、自分が歩いている靴の音が思いのほか大きかったことにびっくりした、という話を聞いたことがあります。

二つ目は男友だちのことです。

健聴者の場合、男友だちの多い女性は世間からあまりよく思われない傾向があります。しかし、ろう学校では一クラスが十名に満たず、学年全体でも二十名ほどです。するど、性別に関係なく仲良くなります。そのため、幼い頃から、私の家には男女関係なく友だちが遊びに来ていました。大人になっても、それは変わりません。結婚したら、男友だちがあまり頻繁に訪ねて来るとびっくりされるので、気をつけなさいと言われました。

また、ろう者は友人を呼ぶ時に肩を叩くのが当たり前で、触れることがコミュニケーションの基本です。しかし、健聴者は体に触れること・触れられることに抵抗を感じるかもしれないとも注意されました。

三つ目は家庭内でのいろいろな音についてです。

たとえば、食事の後片付けをしている時、洗い終えた食器をかごに入れます。私は早く片づけたいので、拭く前に水気を取るため手でお皿をパンパンとはたきます。その音がうるさいと言うのです。

しかし、私からしてみると、どうしてそんなことを結婚も間近になったタイミングで言うのか、今さら遅いじゃないか、という思いでした。母にしてみれば、昔から思ってはいたけれど、言っても仕方がないと思っていたそうです。次第に慣れてしまって、気にならなくなったというわけです。

音の問題は、聞こえない私には確認ができないため、非常に難しい問題です。

話をしている時も、自分の声の大きさがわからないので、時には声が大きくなりすぎていることがあります。

今でもたまに自宅のドアの開け閉めがうるさいと言われます。けっして乱暴に扱っているつもりはないのですが……。

職場に遊びに来た健聴者と話をしていた時、相手の人が何度もまばたきをして、妙な顔をしていました。あれっと思い、彼女の視線の先を追うと、私と同じろう者が食器を片づけていました。

私はピンときて、尋ねました。

「ごめんなさい、片づける音がうるさかったでしょう？」

「あなた、聞こえるんですか？」

その方は驚いていました。もちろん聞こえたのではなく、うるさい音を聞いた時に健聴者が見せる独特の表情に気づいたからです。

こういったことは、自然と身につきました。

しかし、このような音の問題は、健聴者の社会に出ていくろうの子どものために、ろう学校の段階でしっかり教えるべきだと思います。

人工内耳の話

結婚後は長女、そして、長男に恵まれました。長女が生まれて間もない頃、母に「病院に行こう」と言われました。

何を今さらと思い、理由を尋ねると、「新聞に人工内耳の記事が載っていた」と言うのです。

「聞こえなくても別に構わない」

そう答えると、母が泣いて反論しました。

「私の苦しい気持ちをわかってほしい。あなたが小さい頃から、ずっと聞こえるようになってほしいと思っていた」

「人工内耳なんていらないよ」

「二つある自分の耳を娘にあげたい、とまで思っていた。お願いだから行ってほしい」

そうまで言われ、仕方なく、母と一緒に京都大学付属病院に行きました。そこでレントゲン検査を受けてわかったことは、私の内耳には蝸牛がないということでした。医師も驚いていました。皆さんも解剖図などで見たことがあると思いますが、蝸牛は聴覚を司る感覚器官で、かたつむりのようなうずまき型の管です。外部からの音が振動として蝸牛に伝わり、その振動を電気的な信号に変え、脳に伝える働きをしています。また、体のバランスを整えるおもりのような役目もしています。

母は「でも、小さい頃、由美子は少し耳が聞こえていた」と、諦めきれない様子でした。

私には音の記憶がまったくありません。

しかし、母が言うには、「マンマといった喃語を少ししゃべって、それから黙るようになったそうです。

つまり、その頃は蝸牛があったはずです。そこで、医師はストレプトマイシンの副作用が原因ではないかと考えたのです。

結核症などの治療薬として使用されるストレプトマイシンには、リンパを溶かす強い副作用があるそうです。私はとびひによる高熱のためにストレプトマイシンを処方されましたが、小さい私には処方量が多すぎて、非常に珍しいケースではあるが、蝸牛が溶けたのかもしれないと言われました。しかし、当時のカルテはもう残っておらず、確かめようがありませんでした。

「ちょっと、ここを歩いてみてくれますか」

言われたとおりに、私が歩くと、

「蝸牛がないのに、どうして……」

と、私が普通に歩いていることを、医師はとても不思議がっていました。

後日、医師は私に二十一歳のある男性を紹介しました。

その男性は、高齢の母親の肩に手をかけて現れました。二年前から耳が聞こえなくなったということでした。

運搬作業のアルバイトをしていた時、クレーンでつられたワイヤーが切れ、落下した鉄骨の下敷きになり、運良く命は助かったものの、耳がつぶれてしまったそうです。つまり、私と同じで蝸牛がなかったのです。手術後、一年ほど入退院を繰り返したそうです。そして、何か支えがなければ歩けない状態とのことでした。

しかし、私は普通に歩けますので、先生に「すごいなあ」と言われました。

おそらく、私の場合はごく小さい頃から蝸牛がない状態だったため、目で見て傾きを修正し、バランスを取ることが自然にできるようになったのでしょう。

また、母は私の反射神経を鍛えたいと思い、あれこれスポーツをさせていました。そのおかげかもしれないとも言われました。

大学時代には、サーフィンとスキーが好きで、週末にはよく出かけていました。日本サイレントサーフィン大会で優勝したことがあると言うと、医師はさらに驚いていました。

実のところ、私は暗いところではバランスが取れません。サーフィンやスキーでも、ナイターになるとこけてしまいます。

母に病院に連れて来られたおかげで、私が長年、抱いてきた平衡感覚への疑問が解けました。

ろう者の多くが平衡感覚の機能障害を持っています。

そのため、ろう者の履いている靴のかかとは、たいてい平らではなく、内側が三角形にすり減っています。私はその中でも特に平衡感覚が悪かったようです。

日本サイレントサーフィン大会に出場し、優勝。トロフィーと賞状を手に

ろう学校にいた頃、体育の授業で平均台の上を歩かされました。

私はこれがとても嫌いで、仮病を使って休んだこともあったほどです。他のみんながふらふらしながらも、バランスを整えながら、ゆっくり平均台の上を歩けるのに、私は二、三歩歩いただけですぐに平均台から落ちてしまいました。どんなにがんばっても、一度も渡りきることができませんでした。

他にも、肺活量の検査を受けた時に、肺活量が低いとも言われました。

日常的に声を出していないことが原因のようでした。後に、ろう者のほとんどは肺活量が平均以下だと知りました。私は肺が小さく、力強く吸ったり吐いたりができません。そのため、「どんどん声を出せ」と言われました。

さて、病院からの帰り道、私が人工内耳手術を受けられないことを知った母はがっかりしていました。不思議なことですが、私は聞こえないままでいられるという安堵感がありました。もちろん、そんなことは言えず、母にかける言葉が見つからなかったことを覚えています。

家に帰ってから、お風呂に入った母に向かって、扉越しに話しかけました。

「私は今、幸せだから、もう私が聞こえないことをお母さんが気にする必要はないんだよ」

母は無言でした。

「聞こえないからこそ、できた体験だってあるし、そんな人生もあるよ。もう落ち込まないでよ」

扉の向こうからは、ただ母の泣いているような気配だけが感じられました。

お正月やお盆休みがきらい

〈しんどいなあ〉

小さい頃から、お正月やお盆休みがやってくるたびに、感じていたことです。

結婚してから、家族で夫の実家へ行き、親族がたくさん集まる中で食事を楽しむことが何度もありました。

子どもたちは大喜びですが、私自身は大変でした。

みんなが話す唇を見ていると、内容がわかる時もありますが、あちこちで会話が始まるとついていけません。仕方なく、場の雰囲気に合わせてわかったふりをして、無理に笑います。

そんな時、不意に「由美子さんはどう思う?」と意見を求められるのです。

話の内容は漠然とはわかっていますが、適当に聞くふりをしているのに「どう思う?」と尋ねられても、何の話なのかがわかりません。

お義姉さんがあわてて、質問内容を筆談してくれます。

しかし、私は「どう思う?」という口話は読み取れ、質問内容もわかっています。そうではなく、なぜそんな質問に至ったのか、誰がどんなことを言ったのか、肝心な部分がわからないのです。

頑張って会話の輪に入っても、話の内容が半分もわからず、きっとこんな話だろうと想像するのもしんどいものです。

最初は適当に答え、なんとか難を逃れましたが、申し訳ない気持ちになり、疲れてしまいました。

そんな時は、うまくその場を離れようと、お皿を片付けて台所に行き、洗いものをするようになりました。

台所には窓があり、外の景色を眺めながらお皿を洗う、それが私にとってはホッとできる時間でした。

そうしていると、先ほどのお義姉さんがお皿を持って来てくれますが、なにやらいい顔をしておらず、何か言いたげにしています。

なにげなく理由を聞くと、お義姉さんはこう言いました。

「由美子さんのこと、お姑さんがよく気がつく働き者の嫁だってほめてたわよ。いつも私にそう言ってくるのよ」

私は別にいい嫁に見てもらおうと思っていたわけではありません。ただただ、会話の場から逃げたかっただけです。それを「いい嫁だ」と言われてしまうと、やりきれない気持ちになります。お義姉さんにも悪いことをしたと思い、本当に疲れ果ててしまいました。

おそらく盲ろう者や他のろう者も、同じような経験をしていると思います。

彼らはみんな、親戚が集まる場に行くのはしんどいと言います。親子での一対一のコミュニケーションであれば問題はありませんが、聞こえる人に囲まれて誰ともコミュニケーションができない状況に置かれることを考えると、一人の方が気楽なのです。

お正月、お盆休み、連休、とにかく長い休暇が始まる前になると、大きなため息が出てしまうのでした。

車での失敗

小学生の頃に補聴器がまったく役に立たず、かえって口話の邪魔になるというので外してしまっていた私ですが、大人になり、また補聴器をつけなければならない事態が起きました。それは自動車免許の取得です。

現在では、この決まりは改正されていますが、当時の大阪府では「補聴器を使用すれば、十メートルの距離で九十デシベルの警音器の音が聞こえる」ことが免許取得の条件でした（平成二十四年四月一日からは、補聴器の条件なしで普通自動車、大型二輪、普通二輪、小型特殊、原付の各免許が取得できます）。

試験に合格したあと、聴力検査がありました。これを知った時には、心底、困ったぞと思いました。

とにかく、新しく電池を入れ替えた補聴器を付け、検査に臨みました。

検査会場に行くと、担当者に「後ろを向いて、五歩進んでください。そこで音が聞こえたら、手を挙げてください」と言われました。

〈これはやばいぞ〉

そう思い、私は補聴器の音量を最大にしました。

二人いた担当者の一人が「補聴器がピーピー鳴ってるよ」と教えてくれました。それは私もわかっていましたが、聞こえないふりをしました。もう一人の担当者が「まあ、いいか。じゃあ始めよう」と言い、検査が始まりました。

プップー、と音が鳴らされます。

「何回？」

「五回です」

正解でした。なぜ、わかったのかと言うと、音そのものは聞こえないのですが、音を感じると耳がピリピリする感じがして、それに反応して眼球と前に下ろしている前髪が揺れたからです。そのかすかな振動の数を数えて、答えました。ぴったり五回。合っていました。

二回とも正解し、検査は終了。ホッとしました。

補聴器の電池を切るとピーという音はしなくなりました。警察は私が二回とも正解したので、驚いていましたが、それは合格ということでした。

実際、車の運転で困ったことはこれまでほとんどありません。いつもバック・ミラーを頼りに運転しています。

ただ一度、恥ずかしい経験をしたことがありました。

車の運転をしている時、ふと思い出し、信号待ちで停車中にカバンを開け、探し物をしていると、バンバンと車の窓を叩かれる振動を感じました。

窓を見ると、横に停まっていたタクシーに乗っていたおばあさんがわざわざドアを開けて出てきていたのです。彼女が指さす方向を見ると、後ろに救急車が停まっていました。ものすごくびっくりしました。

みんな救急車のために道を開けているのに、私だけが堂々と道の真ん中に停まったままだったのです。

私はあわてて車を脇によけました。おばあさんはタクシーに戻られ、私はすみませんと心の中で謝りながら、救急車が通り過ぎて行くのを見ていました。

その間、歩道にいる人々が私のことをじっと見ていました。中には、私のことを指さしている人までいて、本当に恥ずかしい思いをしました。

今では周囲の車の動きも常に確認するようにしており、少しでもいつもと違う動きがあれば「もしかしたらパトカーや救急車かもしれない」と考えるようにしています。

長男への疑い

一九八七年に長女、一九九〇年に長男に恵まれました。

子どもが生まれると、朝から晩まで戦争が始まったように忙しくなります。しかし、子どもが寝てしまうと急に家がしんと静まり、その静けさの中で、二人の無邪気な寝顔を見ていると、あれやこれやと日々の喜びや反省が浮かんできました。

そんなあわただしい毎日を送っていた私ですが、長男の三ヶ月検診で難聴を疑われたことがありました。

保健所の医師は、私が聞こえないことを知ると、長男をうつぶせにし、ガラガラを振って様子を観察し始めました。最初はびっくりし、反応していた長男ですが、何度も繰り返されると無視するようになりました。その様子を見て「この子は聞こえていないかもしれない」と言われました。

私の番が来るまで、前の人たちはそんな検査はされていませんでした。私の後ろで順番待ちをしていた人たちが、好奇心に満ちた表情で私と長男を取り囲み、まるで私たち親子は見せ物になっているように感じました。

「お母さんは聞こえませんね。お父さんはどうですか」

「夫は健聴者です。私も遺伝ではなく、三才の時にストレプトマイシンの副作用で聞こえなくなりました」

そう説明しているにもかかわらず、「こちらで説明しますから」と相談室に案内されました。

「お子さんは難聴かもしれませんので、母子検診センターで診てもらってください」

そう言って、紹介状と予約状を渡されました。

子どもに睡眠薬を飲ませ、脳波を調べると言われました。私は「まだ小さいですし、無理に調べてもらう必要はありません」と断りました。

すると、またもや私の話を聞いていないのか、私が混乱していると誤解しているのか、

「まあまあ、お母さんの気持ちはわかります。でも、子どものためですから」と、私をなだめるように同じ説明を繰り返すばかりでした。早期発見が子どものため、と言われました。

結局、紹介されたセンターには行きませんでした。

長女も長男も聴覚障害はなく、二人ともすくすくと育ちました。

しかし、万が一、遺伝と関係なく、長男が難聴であったとしても、私はショックが少なかったのではないかと考えています。

「しおんの園」で働いた経験、いろんな障害を持つ人たちに出会えたご縁、そして、そこから私という存在を理解してもらえたこと、それらが私に障害のあるなし、また、どのような障害を持っているかにかかわらず、お互いに一人の人間として生きているんだという証を与えてくれました。そのおかげで、「ともかく生まれてきてよかった」と思ってもらえるように子どもを育てようと決めていたからです。

ある日、長女がこんなことを言いました。

「お母さん、今ね、セミが鳴いてるよ。お母さんだけ聞こえないのはかわいそうだね」

「じゃあ、どんなふうにセミが鳴いているか教えて」

長女はセミの鳴く様子を顔で表現して、教えてくれました。

母に教えられるまで、知らなかったのですが、長女は三才の頃から父親には声を出すのに、母親の私には声を出さずに口をぱくぱくさせて、しゃべるようになったそうです。私の耳が聞こえないことを教えたことはありませんでしたが、口の動きをわかりやすくするためにそうしていたのだろうと思います。

〈たとえ聞こえなくたって、幸せなことはあるんだよ〉

そんな気持ちを、子どもたちに伝えたいと感じた瞬間でした。

思わぬ誤解

周囲から思いもかけない誤解を受けたことがあります。

子どもが幼稚園に通うようになった時のことです。最初は挨拶程度だった親同士もだんだん一緒に活動する機会が増えました。そして、お互いにかなり親しくなってからわかったのは、私のことを悪く思っていた人が少なからずいたということでした。

「あの人は話しかけても知らん顔をする」

「自分の都合しか考えない人だ」

耳が聞こえないために、一般の人が知らず知らずのうちに相手に期待するような人付き合いができず、悪い評判が立っていました。

コミュニケーションや聞こえる人と聞こえない人の壁が思いもかけず大きかったことを思い知らされました。

視線

長女を保育園に連れて行った時のことです。

保育士さんから「娘さんは独占欲が強いんじゃないですか」と言われました。

「どういうことですか?」

「娘さんは他の子たちと違って、たとえば、自分の話を誰かに聞いてほしい時、相手が子どもたちでも私たちでも、自分の両手で私たちの顔を自分の方へ向けようとするんです」

これには保育士さんはとても驚き、こんなことをするのは独占欲の強さの表れでは、と思ったそうです。

「母親の私が聞こえないので、娘が何か話したい時は、私の顔を自分の方に向けて話すことが癖になっているんです」

ただ、当時の長女は、私が聞こえないことをまだ理解していなかったと思います。それでも子どもなりに自分の母親と話をする時は、顔を正面に向けないといけないと思っていたようです。

健聴者の場合、会話は音声で行います。その際、相手の顔をじっと見ることはありません。自分が話している時は相手の顔を見ますが、相手の話を聞く時は少し視線を外します。そういった光景をよく目にするので、わかります。

しかし、私は聞こえませんので、相手の話を聞く時は真正面から、口の動きや表情を見ることが当たり前だと思っていました。そうすると、健聴者の方があまりいい顔をしませんでした。私はなぜだろうと思いながらも、それ以上深く考えませんでした。

ある日、長男が他の人と会話をしている時、やはり相手の顔を見ずに話をしていました。長男に「会話中、相手の顔を見ないのは失礼じゃないの」と言うと、「相手の顔をじっと見るのは失礼にあたるんだよ。なんだか相手に反抗しているように思われてしまうこともある」と言われ、びっくりしました。

これも笑い話ですが、他にも長女は人を呼ぶ時、相手が振り向くまでドンドンと床を踏み鳴らすことがありました。私は音は聞こえなくても、呼ばれていることに床の振動で気づくからです。

「聞こえる人たちの間では普通、そんなことはしません」と保育士さんに言われ、なるほどなと思いました。

また、保育士さんには、こんなことも言われました。

「石塚さん、子どもに賢くなってほしい気持ちはわかりますけど、字を教えるのはまだ早すぎますよ」

これも最初、どういうことかよくわかりませんでした。

というのは、七夕の前日、保育園から「お子さんの願いごとを、お母さんが短冊に書いてあげてください。それを明日、みんなで笹に飾りましょう」と言われていました。そこで自宅に帰ってから、娘に尋ねました。

「お願いごとはある？」

「自分で短冊に書くの！」

長女はそう言って、ゆずりません。それならと思って本人に書かせました。

ミミズがはったような字で、「ま」なども逆向きになっていました。まあいいかと思い、次の日に短冊を保育園に持っていき、長女と一緒に飾りました。

すると、その短冊を見た保育士さんが、私のことを教育ママだと思ったようです。しかし、私は無理に書かせたわけではありません。

そこで、思い出したのは、私が友人とやり取りするＦＡＸのことでした。

長女はその様子をいつも見ていて、「私も書きたい」と友人宛のＦＡＸの端に何かしら文字を書いていたのです。そういったことを先生に話すと、ようやく先生も納得されたようでした。ただ何でも自分でやろうとするらしく、「もう少し子どもらしく」と言われたものです。

子どもたちに教えられたこと

長男が小学六年生の頃、学校に呼び出されたことがありました。

その時は仕事で家を空けており、連絡を受けた母が私の代わりに学校へ行きました。母は呼び出されたことを黙っていたため、私はしばらくそのことを知りませんでした。

数日経って、母がようやく経緯を教えてくれました。長男が同級生を殴ったということでした。呼び出しがあった日、母が学校に駆けつけると、先生と喧嘩相手の親御さんがいて、息子に殴った理由を聞いたそうです。

長男は理由については一切話さず、殴ったことを謝りました。母も自分の孫が理由を言わないことを不思議に思いましたが、帰り道で「このことはお母さんには絶対に言わないで」と言われ、黙っていたそうです。

しかし、隠し通すことはできないと思った母は、こっそり打ち明けてくれました。それでも、私に話したことは内緒にしてくれと言われ、知らないふりをしていました。

それから一週間後のことでした。

私はたまたま長男と家にいました。そこへ担任の先生が訪ねてきました。

「謝りたいことがあります」

先生はそう言うと、突然、土下座をされました。

「事情を知らずに彼を一方的に叱ってしまいました。それを知った同級生のひとりが教えてくれ、初めて事情を知りました」

陰で話を聞いていた長男が出て来て、泣いていました。

「お前のお母さんはみみくそがたまったから、聞こえなくなったんだろう。くさい、くさい」

そんなことを同級生に言われたそうです。

「だから、殴った」

長男はそう言いました。

おそらく、これが初めてのことではなく、以前からそんないじめを受けていたのでしょう。泣いている長男の姿を見て心が痛みました。

「ごめんなさい。私のためにずっと我慢していて、苦しかったでしょうね。言ってくれればよかったのに」

すると、長男が叫びました。

「言ってどうなるんだよ！」

私があわてて謝ると、「どうして謝るんだよ」とさらに怒られました。

「お母さんが謝る姿を見たくないから言わなかった。聞こえないから悪いんじゃない！」

私はどうしたらいいのか言葉が見つからず、謝ることしかできなかったのですが、長男はそれが嫌だったのでしょう。


長女が中学二年生の時、担任の先生と個人面談がありました。

先生に「娘さんはとても素晴らしい。お家でほめてあげてください」と言われました。

長女は「いじめを見たらみんなで注意をしよう」という計画を立てたそうです。

もし、いじめを見たら、ひとりではなくみんなで一緒に注意しよう、相手が年上でも、みんなで勇気を持って声をかければ怖くない、いじめをなくそう、そんな計画でした。このことを本人に話すと「ばれたか」なんて言っていました。

きっかけを尋ねると、長女には二つ上の先輩がいて、そのご両親がふたりともろう者でした。その先輩がひどいいじめを受けていて、長女はなんとか助けたいと思っていたようですが、ひとりで立ち向かうのは怖い、だから、みんなでやろうと考えたようです。

また、他にこんなきっかけもあったと教えてくれました。

小学校六年生の時、学校の帰り道、同級生三人と上り坂を歩いていたところ、後ろから、先生に引率されてランニングをする中学生の集団が娘たちを追い抜いていったそうです。彼らは体操服を着ていて、背中に名前入りのゼッケンが付けられていました。長女はその中に、その先輩がいることに気づきました。

なんと、その先輩は走りながら背中を蹴られていたのです。前を走る先生は気づいていませんでした。

そして、その先輩とその先輩を蹴っていた数人が横道にそれ、姿が見えなくなりました。

長女が気になって見に行くと、今度は靴で顔を殴られていました。びっくりして、同級生と一緒に大声で「先生、早く来て」と呼ぶふりをしていたら、彼らは驚いて逃げていったそうです。

また、長女には、聞こえない友達がいるということも知りました。

私は長女に手話を教えたことがありません。それでもたまに私の職場へ遊びに来た時には、聞こえない人にはろう者的な手話を使います。

なぜ使えるのかと尋ねると、聞こえない友だちがいると言うのです。バスケットボールをするグラウンドの隣にろう学校の寄宿舎があり、そこで、たまたま話しかけ、知りあったそうです。

「どうして黙っていたの」

「なぜ言う必要があるのよ」

聞こえない人は特別でもなんでもないと言われました。

盲ろう者の集まる場所に行く時、子どもたちを連れていくことがありました。

長男は将棋がしたいと言って、将棋の強い盲ろう者と対局していました。相手を物珍しく思うことなく、当たり前のように将棋を楽しんでいました。

コーダ（CODA）

私が所属する手話サークルに健聴の仲間に手話を教えているコーダの青年がいます。

コーダとは、聴覚障害者を親に持つ健聴の子どものことです。親族に聞こえない人がいて、家族が手話を使っている場合にも言うそうです。

「僕は中学までずっといじめられていました。一番ショックだったのは、親友の家に遊びに行ったら、親友がまだ家に帰ってきておらず、彼の母親に『こんなことを言って悪いけど、もう遊びに来ないでほしい。うちの子と会わないでほしい』と帰らされたことです。『聞こえないウイルス』をうつされたら、困るということでした。親友は変わりなく外では会ってくれましたが、そのことは彼に言えないままでした。また、小学校の時には、担任の先生に『これからは両親を呼ぶな』と言われました。参観日にろうの両親が来てくれたので、僕は先生の話を手話で通訳しました。先生に当てられた時にも手話を使いました。すると次の日、先生に呼び出されました。『圧倒的に健聴者の多い中で、両親のためだけに手話を使ったりすると、先生は困ります。先生の立場があります。だから、これからはもう君の両親は来なくていい』と怒られました。それ以来、ずっと懇談会などがあっても、案内ビラを親に渡せず、破り捨てていました。差別的な言葉を浴びせられたり、いじめを受けたりしても、一度も両親に話さず、家では明るくしていました。これがコーダの文化なのかもしれません。中学二年の時、先生に『障害者について話してみたらどうか』と言われ、両親のことをみんなに発表してから、いじめがなくなりました。友だちもたくさんできました。僕はコーダの一人として、普通の人が味わうことのないつらさを知り、心を強くすることができました。コーダとして誇りを持っています。父と母が大好きです」

そんな話を聞き、私は自分の子どもたちを思って涙が出ました。

コーダは生まれた時から常に視界に手話があり、自然と「ろう文化」が身についていきます。この青年の場合、第一言語が手話でその次が音声言語でした。

手話と音声の二つの言語、そして、「ろう文化」を知っている彼らは、手話を学んだ健聴者とは異なり、ろう者の言いたいこと、また聞こえないつらさを深いところで受け止める力があります。

彼と話をしていると、私が心配に思っていても子どもには聞けない悩みなども打ち明けることができ、逆に励まされることばかりでした。

子どもは子ども

二人いる私の子どもたちに日常生活での通訳はさせませんでした。

たとえば、新聞の集金の人が来たら、できるだけ口話でやりとりしました。玄関にB五サイズの筆談機器を用意し、どうしても通じない時は筆談をしました。集金の人もだんだん私の声に慣れてきて、たまたまその方が社交的だったのかもしれませんが、お互いに冗談も言いあえるようになりました。

「もっと安くしてよ」とか「アイスクリーム券ちょうだい」なんて言うと、「特別やで。あんただけやで」とサービスしてくれました。

私がたまたま不在の時に、元夫が対応したことがあります。

お金を渡すと、集金の人は肩越しに家の中を覗き込んでいたそうです。不審に思っていたら、

「あの～、今日は奥様はどうされたんですか？」と。

「いない」と答えると、残念そうな顔をして帰っていったそうです。

買い物の時も同じように口話で店の人と自分でやり取りしました。しかし、私の聞こえない友人たちは子どもに通訳をさせる人が多いようです。

長女が初めて私の通訳をしてくれたのは、長男の高校の三者面談の時です。涙が出るほど嬉しかったことを覚えています。

家族で会話する時にさみしい思いをすることも多かったのですが、それは仕方のないことです。母も元夫も、私の顔を見て、口を大きく動かしながらしゃべってくれました。

しかし、ろう者の友人が家に遊びに来ると、私はもちろん手話で会話をします。その姿を子どもたちはじっと見ていました。

長女が小さい頃、私が友人と手話でおしゃべりをしていると、不思議と私の膝の上に乗りたがりました。

「どうしたの？」

「お母さんと一緒に手話を見たい」

そう言っていました。おそらく、子どもたちは母親の私が聞こえないせいでいじめを受けていたことでしょう。しかし、二人ともそんなことは絶対に言いませんでした。学校のことを聞くと、「とても楽しい」と答えるだけでした。

いつの頃だったか、子どもたちも成長し、すまいるに遊びに来たことがありました。

私がすまいるで、日本語対応手話よりも表情豊かな日本手話を使っているのを見て、長女は「すまいるで働いている時のお母さんが好き」と言いました。

ろう者特有の日本手話で会話する姿を子どもに見せてこなかったので、そんな私を好きだと言われた時は意外に思いました。長男も、日本手話で話す私のろうの友人を「かっこいい」と言います。「お母さんもあんな風にしたらいいのに。その方がいきいきしてる」と言われ、目が点になりました。

やはり親の私が、聞こえないことを子どもに対して卑屈に思うのではなく、堂々としていることも大事なんだなと教えられたような気がします。

［第四章］すまいる

盲ろう者との出会い

二十五年ほど前、「草の根」というろう者の集まりで料理教室を開いたことがあります。私は手早く簡単にできるチーズケーキの作り方を教えることになりました。

その時、みんなが集まって私の説明を聞いているのに、部屋の後ろにひとりだけポツンと座っている人がいました。なぜひとりでいるのか、私の教え方がつまらないのかと気になりました。

〈ケーキが作りたくてこの場に参加してるはずなのに〉

そう思うと腹が立ってきて、声をかけました。それでも、料理の輪に入ろうとしません。

その内、説明が終わり、各グループで実際にケーキを作り始めました。そして、オーブンで焼き上がるのを待つ時間になると、彼は「タバコを吸いたい」と言い、男性に手を引かれて部屋を出ていくのが見えました。

〈男同士の恋人なのかな〉

そんなことを思っていたのですが、参加者の感想を聞いている時に「僕、見えません。盲ろう者です」と言われました。

そこで、初めて「見えない上に聞こえない」盲ろうの人を実際に目にして、驚きました。彼は隣の男性と触手話で会話をしていました。

私自身、聞こえないことと体のバランスを保つために日常的に目を酷使しているために、もし、目が見えなくなったらどうしようという不安がありました。

そこで、通じなかったらみんなの見ている前で格好悪いなとも思いましたが、とにかく彼と触手話をしてみました。すると、きちんと通じました。

彼は「すごく楽しかったです。ありがとう」とまで言ってくれました。私はとても嬉しくなりました。

それからというもの、盲ろう者のために何か手伝えることがないかと考えるようになりました。


私は耳が聞こえませんが、目は見えます。

かつて義父と買い物に行った時のことを思い出しました。

義父は糖尿病のため、失明しました。ある日、義父と散歩がてらにスーパーへ買い物に行った時、バーゲンセールを行っていて、人だかりになっている場所がありました。私は「どうして、みんなあそこに集まっているのかな」と思っていました。

すると、義父が「カバンを七十パーセント安くするそうだ。欲しいものを見に行ってらっしゃい。ここで待ってるから」と教えてくれ、私はカバンを買うことができました。このように、義父は私の耳の代わりを、私は義父の目の代わりをして助け合っていたのです。

チーズケーキ作り教室（一番左端が私）

盲ろう者の助けになることはないだろうか。

そう考えるようになったことがきっかけで、当時、大阪を中心に盲ろう者が集まっていた大阪盲ろう者友の会、「手と手とハウス」でボランティアをするようになりました。そして、その後、一九九九年に「盲ろう者の人権を守る会すまいる」を経て、二〇〇一年にＮＰＯ法人視聴覚二重障害者福祉センター「すまいる」の設立に関わり現在に至ります。

ドーナツおじさん

さて、「草の根」の料理教室の後は、みんなで喫茶店に行き、茶話会をすることが恒例になっていました。

その盲ろう者の方も「一緒に行きたい」と茶話会に加わりました。そして、二人でおしゃべりすることになりました。

「盲ろう者の集まりがありますので、来てください」

そう言ってチラシをもらいました。

その時は集まりに行こうとまでは思っていませんでしたが、数日後に部屋の整理をしていて、チラシを見つけました。

会員募集の文字が目に飛び込んできて、会員になってみてもいいかなと思い、会費を振り込みました。

しばらくして事務局からＦＡＸをもらいました。

「あなたの家の近くにＤさんという盲ろう者がいますので、会ってみませんか？」

子どももいるので忙しいと一度は断ったのですが、それからも熱心に誘いが来ました。保育所に子どもを預けている間ならと思い直し、ボランティアの方と連絡を取り合って、Ｄさんを訪ねることになりました。

紹介されたＤさんは、元はろう者で五十才を過ぎてから目が見えなくなってきたということでした。

家に入る前、ボランティアの方にひとつ注意を受けました。

「Ｄさんは触手話を知らないので、手書きでコミュニケーションをします。そのつもりでいてください」

ところが実際に会うと、つい私は手話を使ってしまいました。

Ｄさんがまるで見えているように錯覚してしまったからです。しまった、と思っていると、

「もしかしてあなた、聞こえない人ですか？」と尋ねられました。

「そうです。どうしてわかったの」

「手話に特徴がある。僕も生野ろう学校を卒業した」

それを見たボランティアの方はすごく驚いていました。

「手話を忘れたって言っていたのに、手話を使っている」

Dさんは本当に手話を忘れていたのですが、私の手話に触れている内に思い出したそうです。周りにいるのが日本語対応手話（音声の日本語に手話を対応させたもので、生まれつきのろう者や手話を第一言語とするろう者には伝わりにくい）を使う人ばかりだったので、コミュニケーションに時間がかかるため、手話で話すのが億劫になり、だんだん使わなくなったようです。しかし、私の使うろう者にとって自然な手話に触れ、手話でのコミュニケーションがよみがえったのでしょう。

私も嬉しくなりました。「時間があったら、また来てほしい」と言われました。家も近かったので、子どもを連れて、私も喜んで遊びに行くようになりました。

Dさんは近所のミスタードーナツでコーヒーを飲むのが好きな方でした。

「子どもにあげたらどう」と、いつもドーナツを買ってくれるようになったのです。私が子どもたちに「おじさんにもらったよ」と言うと、彼らはDさんのことを「ドーナツおじさん」と呼ぶようになりました。

子どもたちは私の動作を見て、「ありがとう」という触手話を真似たりするようになりました。しかし、難しい手話はできませんので、握手をしたりして、子どもなりにコミュニケーションを取っていました。

そんなDさんは週に一、二回、友の会に通っていました。

「一緒に行こう」と言われ、あまり気のりはしなかったのですが、Dさんに「すごくいい人なんだ」とみんなに紹介したと言われ、重い腰を上げました。

そして、友の会に着いた途端、普段は陽気に冗談を言っているDさんがおとなしくなりました。他の盲ろうの方もみんなおとなしく、少し驚きました。

その日はたまたま運営会議が開かれていて、通訳は日本語対応手話で行われていました。盲ろうの参加者は「はい」「オッケー」「賛成」といった簡単なことしか受け答えしていませんでした。

帰りの電車の中で、Dさんがぽつりと言いました。

「実は会議の内容、まったくわからなかった。お手あげだ。もし、内容を覚えていたら教えてほしい」

私は「ええ?」と思いながらも、覚えている範囲で日本手話（手話独自の文法や語彙に基づき、生まれつきのろう者や手話を第一言語とするろう者には伝わりやすい）で話しました。

Dさんは「しまった!」と、翌日「賛成だと言ったけれど、間違っていた。訂正します。反対だ」と伝えたようです。

「すまいる」の立ち上げへ

大阪盲ろう者友の会には、前身に「門川君と共に歩む会」がありました。

この会は、盲ろう者の門川紳一郎さんが大学で必要なテキストを点字にしたり、指点字（盲ろう者の指を点字タイプライターにみたて、直接、指に点字を打つ方法）通訳したりするために立ち上げられました。

門川さんは無事に大学を卒業すると、アメリカの手話やろう文化を学ぶため、五年間、アメリカのギャローデット大学とニューヨーク大学大学院に留学することになり、会は解散することになりました。門川さんは支援者に「僕の他に盲ろう者がいたら、彼らのことを頼みます」と言って、旅立ち、新しくできたグループが大阪盲ろう者友の会となりました。

さて、私はと言うと、Dさんの一件以来、ろうベース（先に耳に障害があり、後に目にも障害を持つ盲ろう者で手話を使う人が多い）の盲ろう者からたびたび通訳を依頼されるようになりました。「友の会の職員になってほしい」とも言われました。そんな経緯から私は週一回だけ働く職員になりました。

しかし、通訳のことで、いろいろもめるようになりました。

たとえば、ろうベースの盲ろう者が何か意見を言う時、私は彼らが言いたいことをよくわかりますので、それを健聴者にもわかりやすく通訳しました。

しかし、他の職員は、彼らの意見を取り上げませんでした。

「盲ろう者の意見をなぜ、くみ取れないんですか」と尋ねても、相手にしてくれなかったのです。

「石塚さんは、盲ろう者が言ってもいないことを勝手に言い換えている。あなたのやっている通訳は正しくない。盲ろう者の意見ではない」と言われました。

「この方が言いたいことを私が触手話で確認し、それを伝えているだけです。内容は同じです」

再度、盲ろう者に内容を確認すると「石塚さんは私の言いたいことをよくわかってくれている」と喜んでくれましたが、健聴者の職員はそれを認めませんでした。

「そんなこと言ってないでしょ」

「単語を勝手に作っている」

「言い替えをしている」

「盲ろう者が意見をはっきり言うようになったのは石塚の責任だ」

そんなことまで言われました。

そうした中で、門川さんが帰国して友の会の代表になりました。

門川さんから「日本での学生生活はボランティアで通訳してくれている人に気兼ねすることが多かった。でも、アメリカでは授業の通訳やレジュメの点訳、ノートテイクなどをすべて大学が全額負担でサポートしており、盲ろう者が授業を受ける権利が保障されていると感じた。大学のキャンパスだけでなく、大学の外でも地下鉄やバスで移動できるように大学側から歩行訓練まで提供されていて、驚いた」と聞かされ、私も驚きました。

門川さんとは「本格的に盲ろう者の通訳を確立しないといけない」「盲ろう者が主導権を持って運営し、その意見や気持ちを尊重した活動をできないか」といったことを話してはいたのですが、もめごとが積み重なった私は会に居づらくなり、友の会を辞めてしまいました。

しかし、その後、何人かの盲ろう者が手引き者と一緒に、私の家を探して訪ねて来るようになりました。

「向こうの会に行かなくていいの？」

「もう行きたくない」

戸惑いながらも、家にあがってもらい、おしゃべりをしていると、他にも盲ろう者が訪ねて来ました。

しばらくすると、今度は近くのコンビニから「迷ってる、この辺りにいます」というＦＡＸが届き、迎えに行ったこともありました。みんなは口々に愚痴を言っていました。

その内、みんなも落ち着いて友の会に戻るだろうと思っていたのですが、何ヶ月経ってもそういう状態が続きます。彼らなりに友の会を辞めてしまった私のことを気遣ってくれていたのかもしれません。

その内、門川さんまで会を辞めてしまいました。そして、ついに私の家にみんなが集まるようになったので、「このままではいけない」ということになりました。

大阪府と交渉し、門川さんが中心となって「盲ろう者の人権を守る会すまいる」を設立することになりました。

しかし、盲ろう者は、そんなに数の多いものではありません。

府からは「そんな団体が二つもあるのは困る」と言われましたが、「考え方の違う団体があって、当事者に選択肢があるのは良いことではないですか」と説明し、認めてもらいました。

すまいるの活動

私たちが運営しているＮＰＯ法人視聴覚二重障害者福祉センター「すまいる」について説明します。

簡単に言うと目と耳に同時に障害がある、いわゆる「盲ろう者」にとっての「福祉的就労の場」であり、「日常のいこいの場」でもあります。

もちろん通ってくるのは盲ろう者だけではありません。聴覚障害者、視覚障害者、他にもいろんな人が遊びに来てくれています。

会員数は約百人ですが、三十人くらいが毎日やって来ます。会員が日常的に集まって活動する団体は全国でもほとんどないようです。

二〇一五年末現在、すまいるには盲ろう者は二十二名登録しています。また県外から通って来られる盲ろう者の方もいます。

さて、では盲ろうとはどんな障害なのでしょうか。

今、日本には視聴覚二重の障害を持っている20歳以上の「盲ろう者」は、二〇一四年の厚生労働省調査によると一万四千人いると推計されています。

盲ろう者はおおまかに次の四つのタイプに分類することができます。

◎全盲ろう（まったく見えず、まったく聞こえない）
◎全盲難聴（まったく見えず、少し聞こえる）
◎弱視ろう（少し見える、まったく聞こえない）
◎弱視難聴（少し見える、少し聞こえる）

見えない、聞こえないだけでなく、話すことも難しい三重苦の盲ろう者も少なくありません。ただ、まったく見えない上にまったく聞こえないという人はわずかです。盲ろう者と言っても、全盲から弱視、全ろうから難聴まで障害の幅が広く、その人によって、見え方、聞こえ方が違います。

さらにこの中でも、先天的に障害を持っている人と、成長過程などで徐々に視力・聴力を失った人には違いがあり、その背景もさまざまです。

盲ろう者は視聴覚に障害をあわせもつため、コミュニケーション、情報へのアクセス、移動に大きな困難が生じます。

すまいるではこの三大困難ともいえる盲ろう者のニーズに対応するため、以下のような活動を行っています。

「福祉的就労」

盲ろう者が働く喜びを知る機会となります。盲ろう者が製品を作り、各地で行われるバザーや作品展などに出品し、販売します。収益は盲ろう者の収入になります。

「相談業務」

就労支援や居宅介護など、盲ろう者（児）やその家族の方が抱えるさまざまな悩みに関する相談を受けたり、問い合わせに対応したりします。盲ろう児の教育に関する相談にも応じています。

また、障害のある方同士が対等の立場で話し合うピア・カウンセリングや、盲ろう者が自分たちの悩みや苦しみ、また解決策などを話し合うグループカウンセリングを行っています。

さらに盲ろう者だけではなく、通訳介助者にもいろいろな悩みやストレスがあり、いきづまることもあります。盲ろう者と通訳者の間で衝突することもあるでしょう。それは人間である以上、当たり前のことです。それをどのように解決していくのか、話し合ったりもします。

市町村から相談を受けることもあります。このように相談業務は多岐にわたります。

「図書貸し出し事業」

盲ろう者、弱視ろう者、通訳介助者のニーズに応じて情報資料を収集し、点字版・拡大文字版・墨字版の刊行物など、すべての人が読みやすい媒体で貸し出します。

「生涯学習開催事業」

盲ろう者が興味のあることを知ったり学んだりすることを通じ、新しい自分を発見するチャンスとなるお手伝いをします。パソコン、料理、芸術、美術、お花の各種教室、および各種セミナーに参加したり、識字、触手話、点字などを学んだりすることができます。

「用具・機器の展示」

盲ろう者にとって使いやすい、便利な日常生活用具・福祉機器用品を紹介しています。

「講習会の開催」

盲ろう者の活動に必要不可欠な通訳・介助者を育てるため、盲ろう者向け通訳・介助技術養成講習会を開催しています。また当事者のニーズに応えられるよう通訳介助技術の勉強会や研修会を行います。

「各種クラブ活動」

現在、「和太鼓クラブ」が活動しています。

「派遣サービス」

ホームヘルパー・ガイドヘルパーの派遣サービスを行っています。

「介護保険事業」

六十五才以上の方にホームヘルパーの派遣を行っています。

「ブエノスディアス」

テレビや新聞に取り上げられた情報をシェアするサロンで、週一回開いています。盲ろう者はニュースを見たり聞いたりすることが難しいため、非常に人気のある企画です。

何より、盲ろう者は思うように情報に触れる機会が極端に少なく、情報の入手にとても困っています。新聞や雑誌が読めない、ラジオを聞くこともできない。情報過多といわれる時代にあって、盲ろう者は情報に飢えているのです。そのため、インターネットやメディアの情報を集め、今世の中で起こっている様々なことをみんなで共有するための時間です。

これは皆さんがとても楽しみにしています。盲ろう者だけではなく、ろう者もすごく楽しんでくれています。また、健聴者にとっては手話の勉強の時間にもなり、手話の勉強としても楽しんでもらっています。

「ソフトウェア開発・無償配布」

盲ろう者がパソコンでメールの送受信やインターネットアクセスをするためのプログラムを開発し、無料配布しています。点字を使って携帯電話のメールを送受信するシステムもあります。

この中で、みんなが特に熱中しているのは和太鼓クラブです。

盲ろう者それぞれの後ろに通訳がつき、盲ろう者の背中を叩きます。それを合図にして盲ろう者が太鼓を叩くのです。通訳がバラバラだと全員がバラバラになってしまうので、「締め太鼓」と呼ばれるオーケストラで言うところの指揮者の役割を持つ太鼓のリズムに通訳は合わせています。

そんなやり方でうまくいくのか、と思われるかもしれませんが、盲ろう者自身も練習して、ちゃんとタイミングを覚えているので、通訳者の合図は確認であり、きちんと太鼓の演奏になります。

以前、関わっていた支援団体では、盲ろう者が「何かやりたい」「太鼓をやりたい」「マラソンもやってみたい」と言っても、「無理、盲ろう者にそんなことができるわけない」と断っていました。「耳が聞こえないのにどうやってできるの」「見えないのに、無理でしょ」というわけです。

しかし、すまいるでは、「とにかくやってみましょう」という精神で、できないなら、どう工夫すればよいのかを考えています。和太鼓の他にもダンスや空手もしています。

通訳の難しさ

盲ろう者への通訳を全てボランティアでまかなうのは難しいものがあります。多くの人を集めるには仕事として公的な事業が必要だと感じ、大阪府と交渉を重ねました。その結果、「盲ろう者通訳派遣事業」が始まりました。

さて、盲ろう者とのコミュニケーションや通訳にはいくつかの手段があります。

◎指点字（盲ろう者の指を点字タイプライターのキーに見立てて直接叩く）
◎触手話（手話をする人の手を触ってその形や動きを読み取る）
◎手書き文字（盲ろう者の手のひらに指で文字を書く）

◎接近手話（視力が残っている、または視野が狭い弱視ろう者が使う）
◎筆談・ノートテイク・ＰＣ通訳（弱視ろう者、弱視難聴者が使う）
◎点字
◎指文字（手話で使う表音文字。五十音式とローマ字式の二種類がある）
◎音声（補聴器システムなどを使うこともある）

大切なことは「通訳」と「コミュニケーション」はまったく性質が違うことです。コミュニケーションには責任がありません。しかし、盲ろう者への通訳は言葉だけでなく、周辺の状況も伝えなければなりませんし、同時通訳も必要です。そのため、手話などの技術以上に体力も使います。

そして、盲ろうという同じ障害であっても、ろうベースと盲ベース（先に目に障害があり、後に耳にも障害を持つ盲ろう者で音声や点字を使う人が多い）ではまったく通訳に対するニーズが違います。また、いつ聞こえなくなったのか、いつ見えなくなったのか、どのような教育を受けてきたのか、などによってもニーズは異なります。

たとえば、もともとは見えていて、だんだん見えなくなった盲ろう者の場合、「橋」と言えば、実際に見たことがあるので、イメージがつかめます。

「この橋はきれいだ」と言っても、特に疑問には思わないかもしれません。

しかし、生まれつき見えない盲ろう者の場合、「なぜ橋がきれいなのか」と疑問に思うかもしれません。それをどうやって説明するのか、伝え方のプロセスや方法に違いが出てきます。手話では橋を表現するのに、太鼓橋の形を使います、盲ベースの方にそれを伝えたところ、「なぜそんなふうにするのか」と聞かれたことがあります。

「橋は形がこうなっているでしょう？」

「橋は真っ直ぐだと思った」

確かに、今では太鼓橋はほとんどありません。

実際に見たことがあるかないかで、通訳や通訳への理解に大きな違いが出てくるのです。

以前、視覚障害の子どもが動物園に行った感想を紙粘土で表した展示を見に行ったことがあります。そこには、紙粘土で作られたゾウの鼻、足といった感じで、体の一部がバラバラに展示されていました。

なぜだろうと思い、尋ねたところ「象は大きいですよね。ですから、子どもたちは触ってイメージを作りますが、全体像がつかめないのです。鼻を触った子は鼻のところだけを作ります。しっぽだけの子もいます。それが『見た感想』なのです」。

かつて出会った盲ろう者の方も同じでした。

その方は鳥居を「一本の柱」だと思っていました。その時は割り箸で形を作り、触ってもらいました。

「柱は一本のものだと思っていたかもしれませんが、これはね、こういう台があって、その上に二本の柱が立ってるのよ」

「なるほど、本当はこんな形なんだな」

「広島という手話は鳥居の形を作って表します。広島の宮島にある厳島神社が語源です」

そう言うと、その方は割り箸の鳥居を何度も触って確かめていました。それまで彼には、全体像を知るすべがなかったのです。

見ただけではわからない

ある日、すまいるを訪れた健聴者が、その場にいた人とすれ違い、会釈をしました。それなのに、相手が知らん顔をしていると不快そうにされていました。

私が慌てて「この人は目が見えなくて、耳が聴こえないんです」と言うと、「えっ!? この人が盲ろう者ですか? 普通に歩いていたので、わからなかった」と驚いていました。

聞こえないことは、外見からだけではわかりません。一見しただけでは、聴覚障害者かどうかはわかりにくいものなのです。

視覚障害者が白杖を持って歩いていたら、一目でその人が視覚障害者であることがわかります。

しかし、それが盲人なのか、盲ろう者なのかまでは、見ただけでは違いはわかりません。また、弱視の場合、見え方には大きな個人差があり、白杖を使わず、残った視力を頼りに単独で移動する盲ろう者は案外、多いのです。そうなると外見だけでは、視覚障害があることはわかりません。

このように、盲ろう者は外見だけではわかりにくい弱視に加え、同様に外見からではわかりにくい、ろうであったり、難聴であったりします。物理的な障害だけではなく、その特性ゆえに周囲から誤解を受けるという困難にさらされます。

もし、あなたが親切に盲ろう者に「お金が落ちていますよ」とか「困ったことがあればお手伝いしましょうか」とか声をかけても、相手が見えない、見えにくい、聞こえない、聞こえにくいために伝わらないこともあるかもしれません。そのため、「無視された」と誤解してしまうことがあるかもしれません。

特に難聴者や軽度の弱視ろう者はそれぞれに合ったコミュニケーション方法を習得したり、アイデンティティを確保したりすることが困難であるため、難聴者は自分が聴こえないことを、弱視ろう者は見えないことを隠したがります。彼らは自分が中途半端であるという思いに苦しみます。

自信を持てないろう者

先天性のろう者には自分の発音や文章に自信がなく、声を出さない、自分の書く文書を見せたがらない人が多くいます。

「私は頭が悪いから、何を言ってもわかってもらうのは無理」

そんな消極的で否定的な態度が見られます。

これは健聴者から「声が聞き取りにくい」「言いたいことがわからない」などと言われたり、妙な顔をされたりということが続き、話したり書いたりする気力を失ってしまっていると思われます。

実際にあったエピソードを紹介します。

ある集まりで、ろうベースの盲ろう者が意見を訴えているのに、みんなにわかってもらえなかった時に言った言葉です。

「私は言う」「あほ」「行き詰まる」「苦しい」「勉強が必要」「情報がほしい」「私はあほ」「いろいろ教えてほしい」「一緒にやってほしい」

これらを順番に手話で発言しました。あなたはどのように解釈するでしょうか?

それを聞いたある人はその盲ろう者に向かって「あなたはあほではありません。私もわからないことがたくさんあります。心配はいりません。私も知識がないのはあなたと同じですから、大丈夫です。一緒に勉強をしましょう」と答えました。

すると、盲ろう者は「ああ、やっぱり通じない。私は日本語が下手。もうあかん」と言いました。みんなは「そんなことはない。自信を持ってください」と返します。

私は次のように解釈しました。

「私は言葉に壁があって、意味がわからないことがあるので、勉強したい！　情報がほしい。わからないことを、いつも一緒にいて教えてほしい」

すると、「そんな言葉は盲ろう者の口から出なかった。石塚さんの考えだ」と指摘する人がいました。

このように盲ろう者が自分の言いたいことを本当にわかってもらうのは、非常に難しいことなのです。

仲間がいると知らせること

盲ろう者は「自分と同じような人はいない。こんな状態になっているのは自分だけだ」と考える傾向があるように感じます。

というのも、盲ろう者やろう者は大きく三つのタイプに分けることができます。まずは自立できる人。次に自分でいろいろするのは難しくても、良い友人がいる人。最後に友人に恵まれず、自分で何かするのも難しい人。

最後のタイプは悪い仲間にひっぱられることもあります。友人がいないため、寂しい思いをしており、少しでも声をかけられると嬉しくて、そこに依存し、だまされてしまう。健聴者からすると「なぜそんな奴についていくんだ？」と思うかもしれません。しかし、そういう弱い立場にいる人を、私は支援したいと考えています。

さて、盲ろう者への理解が乏しい中、市役所に相談に行き、すまいるを紹介され、私たちを訪ねて来られる方もおられます。

最初に会った時、大抵はものすごく暗い顔をしておられます。

「盲ろう者の気持ちがわかります」と、いくら私が触手話で話しかけても

「もういい、そんなことを言わなくていい」

「他にも盲ろう者がいますよ」

そう言っても信用してくれません。「そんな無理を言わなくてもいい」と言うのです。意味がわからずに聞き返しました。すると

「無理に盲ろう者がいる、などと言わなくてもいい」

「でも本当にいるんですよ」

その方はなかなか私たちを信用してくれませんでした。家族の方によると「自殺することばかり考えている」ということでした。

「とにかく、しばらくはすまいるに通っていただいて、状況を見ませんか」

そう提案して、通ってもらいました。三日目くらいになって、やっと私を呼んで「本当にみんな、盲ろう者なんですか」と尋ねられました。話を聞くと、すまいるの他の人から聞こえなくなり、見えなくなって苦しかった話を聞いた、自分の体験と同じだ、と言うのです。

その内、その方はどんどんみんなと付き合うようになり、明るくなっていきました。すまいるでは手作りのマットを作っています。

基本的な編み方を教えると「あなたは見えるんだから作ることができるのは当たり前だ。私は見えないから無理」と言われます。しかし、盲ろう者が教えると、素直にチャレンジするようになり、ちゃんと編めるようになります。

ですから、今は、私からは教えないようにしています。盲ろう者同士で教え合った方が興味がわいたり、学ぼうとする意欲が生まれたりするからです。

点字も同じです。

市役所の方が「点字の勉強をしてください」と言っても、盲ろう者に「聞こえない、見えないから無理だ」と断られてしまいます。

「点字は視覚障害者で耳が聞こえる人が覚えるものだ。僕みたいな盲ろう者には無理。文章も苦手だから無理だ」

ところが他の盲ろう者が、チラシなどを点字で読んでいるのを知ると「自分にも教えてほしい！」と勉強を始めます。

盲ろう者のパソコン利用

「盲ろう者はどうやってパソコンを使っているのだろう？」と思う人がいるかもしれません。盲ろう者のパソコン使用について、少し古いものになりますが、ウェブマガジンに門川さんが書いた『ＩＴ時代に生きる　―パソコンを活用して盲ろう者の世界が広がる―』の記事より引用してご紹介しましょう。

＊　　＊

盲ろう者の世界にもパソコンは入り込み始め、ＩＴ社会からはじき出されまいと、パソコンを学ぼうとする盲ろう者が年々増えてきています。残念ながら、盲ろう者とパソコンに関する実態調査は行われていないため、どれだけの盲ろう者がパソコンを利用しているのかは不明ですが、盲ろう者を対象としたＮＰＯ法人視聴覚二重障害者福祉センターすまいるでのパソコン講習の状況からも、毎年多くの盲ろう者が電子メールに挑戦しています。

盲ろう者にとってパソコンの利便性は高いので、様々な面でパソコンに助けられていると言っても言い過ぎではありません。パソコンを活用している多くの盲ろう者がよく口にする事です。「パソコンのない生活は考えられない」というくらいに、今はパソコンは盲ろう者の生活必需品となっているのです。それはやはり、電子メールによるコミュニケーションやインターネットでいろんな情報を知ることが出来るからです。盲ろう者は、コミュニケーションを求め、情報に飢えているのです。

ところで、盲ろう者がパソコンを操作するには、まず、画面の文字を拡大したり、あるいは、点字で出力しなければなりません。そのためには、画面拡大ソフトや点字の形で出力するためのピンディスプレイなどが必要です。特にピンディスプレイは大変高価な物で、盲ろう者の多くは年金生活ですから、個人で購入するのは非常に苦しいものです。幸い、一九九九年より国は該当する盲ろう者にはピンディスプレイを支給する事業を制度化し、その後、二〇〇一年には「情報バリアフリー化支援事業」をスタートさせ、画面拡大ソフトなど必要なソフトや周辺機器の購入の一部を補助する事業を実施しました。しかし、国が実施しているこれらの事業は決して十分なものとは言えません。なぜなら、ピンディスプレイの支給は一回限りなので、故障した場合は（ピンディスプレイもパソコンも、生き物と同じように寿命がきたら故障してしまうものです！）自分で購入しなければならないし、また拡大ソフトなどの「バリアフリー化支援事業」は「一部補助」のため、当然自己負担分が発生するのです。ですから、盲ろう者がパソコンショップなどでパソコンを購入しても、実際に操作するためにはさらにいくらかのコストがかかるのです。

しかし、ピンディスプレイや拡大ソフトを手に入れ、パソコンが操作できる環境を整えてしまえば、もう天国！

パソコンから受ける恩恵は大した物だと思います。人の手を借りずに、好きなだけコミュニケーションの世界に浸り、欲しいだけ好きな情報を一日中探す事が出来、これまでに味わった事のない素晴らしい体験が出来てしまうのです。中には、パソコンのインターネットが結んだ、「インターネットカップル」を実現させた盲ろう者もいます。

盲ろう者のパソコン学習支援環境でマスターさえしてしまえば、パソコンは盲ろう者にとって便利なＩＴ機器ですが、マスターするまでの道のりは大変険しいものです。その理由は次のように集約することができると思います。

1，ウィンドウズパソコンは画像や図形などが多用され、それらをマウス操作するのが一般的となっていること。

現時点では、特に画面の情報を点字で出力して読み取っている盲ろう者にはマウス操作や画像などの理解は困難です。また、最近のパソコンは映像や音楽を楽しめるものが主流になっています。映像も音楽も今の技術では盲ろう者が自力で楽しむ事はできません。このまま進歩していくと、盲ろう者はますます取り残されてしまう恐れがあります。スクリーンリーダーの限界も大きな原因でもありますが、パソコンのメーカー側が盲ろう者のような情報アクセス困難者の存在を意識していない事が主因だと考えられるでしょう。

2，盲ろう者にパソコンを指導できるインストラクターが少ないこと。

盲ろう者に理解のあるパソコンインストラクターは潜在的に不足しています。パソコンの知識を持っていても、盲ろう者のコミュニケーションニーズを理解していなければならないのです。盲ろう者のコミュニケーションニーズを最もよく理解しているのは、盲ろう者自身でしょう。見えず聞こえない環境に置かれ、もがき苦しみながら生きてきている盲ろう者は、自分のコミュニケーション手段の獲得までどれほど苦労してきた事でしょう。コミュニケーションの手段（この場合は、手話や点字などのコミュニケーション手段）のみならず、パソコンの操作方法の習得にも多くのハードルを乗り越えてきています。このような盲ろう者こそがインストラクターとして活躍していくにふさわしい存在だと言えます。

なお、外国に目を向けると、アメリカやスウェーデンなどで、盲ろう者主体のパソコン講習を実施しています。アメリカでは、ヘレン・ケラー・ナショナルセンターにおいて、自ら盲ろう者でありながらテクノロジー部門の部長を務めている専門家がいます。また、スウェーデンにはエクスコンプという名の所謂パソコン教室のような会社があり、ここのスタッフは九割が盲ろう者だといいます。

3，アフター・サービスを提供できるようなサポートセンターがない。

せっかくパソコンをマスターしても、予期せぬトラブルのためパソコンが動かなくなったりした時のサポートが得られにくいのが現状です。一般のパソコンユーザーなら買った店に持っていって修理をしてもらうだけで済むでしょうが、盲ろう者の場合は拡大画面であったり点字ピンディスプレイ使用のため、一般のパソコンショップではどうすることもできない場合があります。そのため、一度動かなくなってしまうとしばらくの間電子メールなどができなくなりいらいらが募っていきます。

すまいるでは、盲ろう者を対象に個別支援をおこなう他、盲ろう者に使いやすい「イージーパッド」というソフトを開発し無償配布しています。

メール、文書作成、インターネット接続の三つの機能を持ち、点字ディスプレイ表示に対応し、画面の文字や配色を自由に変更できる簡易統合ソフトウェアです。

◎超初心者で、まだパソコンに親しめないが挑戦してみたい人
◎パソコンの基本操作など、覚えなければならないことがたくさんあると嫌になってしまう人
◎文字の大きさを、見え方等の環境によって自由に変更したい人
◎フルキー入力でつまずいてしまった人

に便利に使ってもらえるように工夫しています。

（ウェブマガジン『ディスアビリティー・ワールド』二〇〇四年八月号より）

＊　＊

このソフトのおかげで、たくさんの盲ろう者が電子メールを始めました。

また門川さんは、盲ろう者のインストラクター養成を考えています。

盲ろう者が盲ろう者を指導することは、ピア・トレーニングやピア・インストラクションなど

と呼ばれ、お互いに励まし合い、支え合い、協力し合う心が芽生えます。教える側も逆に教えられ、指導を受ける側は自信をつけて、インストラクターを目指すこともできます。

盲ろう者が何かに対して自信を持つことは、あまりにも消極的な盲ろう者が多い中で、非常に意義のあることです。

［第五章］

盲ろう者の通訳として

通訳者として

今ではろう者も通訳を受ける立場から、通訳をする立場で活躍するようになりました。私のもとには盲ろう者から「一番わかりやすい通訳者なので」という理由から、通訳の依頼がよく来ます。私はろう者でもあり、通訳者でもあります。現在はまだ、ろうの通訳者は珍しく思われる世の中ですが、私自身の通訳活動を通して、ろう者が当たり前に通訳者として認められるようにがんばりたいと思っています。

私の通訳の方法は、目で見たことをできる限り正確に伝える、通訳を受ける側の立場に立って、わかりやすく伝えるというものです。私自身が聴覚障害を持っていますから、健聴者の社会での疎外感や孤立することのさみしさをよく知っています。

話の流れがつかめないような手話通訳を受けていて、突然、「あなたはどう思いますか?」と意見を求められ、十分な情報がないために、答えることができなかったという経験もしました。ですから、盲ろう者に対しては、どんなささいなことでも通訳し、状況や情報を伝えたいと思っています。

私はろうの通訳者としてどうあるべきか、また、私自身が通訳を受ける立場から健聴者の通訳者に対して何を望むのか、その両者の立場を常に考えながら、よりわかりやすい通訳を心掛けています。

また、視覚的情報と聴覚的情報をありのままに伝えるように努めています。いやなことは伝えない方がいいといった理由で、通訳を省くのは結果的に良くないことを私自身が実感しているからです。年老いた両親を持つ障害者に心配をかけまいと、正確さを欠いた情報を伝えるような過保護な思いやりは、障害者がありのままの社会で生活する妨げになる、私はそう考えています。

通訳の大切さ

福祉専門学校で非常講師を勤めていた頃、私はある新聞記事を切り取り、みんなに見せ、授業中に討論したことがあります。

記事の内容は、海外旅行中の日本人が突然、拘束されたというものでした。

一九九二年六月十七日早朝、オーストラリア、メルボルンの空港で日本人男性四人、女性三人の計七人のツアー客の内、四人のスーツケースから合計約十三キロのヘロインが押収されたのが事件の発端です。

スーツケースは二重構造になっており、わずか数センチの隙間にいくつもの小袋に分けられたヘロインが隠されていました。スーツケースの持ち主である四人と、ツアーリーダーの計五人が麻薬密輸容疑で逮捕されました。

彼らはメルボルンに来る二日前、マレーシアのクアラルンプールでスーツケースを盗まれ、翌日ガイドが発見したのですが、全てズタズタに切り裂かれていました。そこで、ガイドが新しいスーツケースを用意し、渡してきたのだといいます。

五人は「ヘロインが入っていたことなんて知らない」と無実を主張しました。

しかし、裁判では認められず、二年の審理を経てリーダーに懲役二十年、残る四人に懲役十五年の罪が確定し、ビクトリア州の刑務所に収監され、服役することになりました。

拘束された五人の話によると、彼らは英語がほとんどわからないため、裁判では通訳が頼りとなりました。

しかし、審理内容について翻訳されたのは一部のみ。通訳は用件しか伝えないため、裁判官が冗談を言ったのか、通訳者が一人で笑っていたこともあり、五人はどのように裁判が進んでいるのかがわからず、終始不安だったそうです。

裁判は、お互いに言葉が通じ、意思疎通ができることを前提に成り立っています。

ところが、言葉や文化の壁に阻まれ、限られた情報しか得られない中で、自分が一体何を裁かれているのかもわからない状態では、身の守りようがありません。明らかな人権侵害であるといえます。

私はこの事件を例に、「聴覚障害者は、常にこれと似た状況にある」と話しました。

日常的な集まりであっても、言葉が通じなければ自分に何か起こっているのか、自分は今どのような立場に置かれているのかが、わからなくなります。

そんな状況できちんと自分の意見を主張できるかと言われると、おそらく誰にもできないでしょう。

メルボルン事件においては、被害者に対して通訳者が検査官や弁護士などの情報をきちんと与え、状況を説明し、コミュニケーションをとっていれば、おそらく裁判の展開は変わっていたのではないかと思います。

もうひとつ、健聴者の友人であるFさんが送ってくれたメールをご紹介します。

Fさんは一年間、海外研修でイギリスに行っていました。

＊　＊

一年イギリスで暮らしましたが、やはりまごまごするばかりです。イギリス英語がわからないので、余計に苦労しています。

先日、イギリスからアメリカに荷物を送りたいと思い、郵便局に行きました。事前に聞きたいことを用意して、窓口でそのことを尋ねました。

ところが局員の話す単語の一つ一つは聞き取れるのに、全体の意味がつかめません。つまり、わかるけど、わからない。

その場ではなんとかわかったつもりになりましたが、後になって思い返すと、やっぱりよくわかっていません。相手の言うことを聞き取るのに精いっぱいで、後から情報を整理してみると、あら、これはどうなるのかしらと聞きたいことが次々に出てきます。結局、後日もう一度郵便局に行く羽目になりました。

それ以来、何か大事なやりとりの時は聞きたいことをメモしてから行き、それを相手に見せながら質問し、また相手に見えるように言われたことをメモする、という工夫をしています。そうすれば、こちらが間違って理解していると相手が指摘してくれることもあります。

それでも、その場では言われたことを聞き取るまでが限界で、落ち着いてからでないと情報が自分の中に入ってこないために、後になってから聞きたいことが出てきます。本当に情けないことです。

そういったことを経験して、ふと「通訳介助を受ける人も同じだったのかなあ」と感じました。通訳を受けている間は通訳を読み取るのに神経を使い、後になってから疑問が出てくるということもあるのだろうなと思いました。

外国は日本のように親切ではないので、何かを問い合わせても返事がないことはざらにあります。

問い合わせても「知らない」の一言。その場で調べたり、他の人に聞いてくれたりはしません。自分の知りたい情報を得たり、自分のニーズを通したりするには、何とかしてまごまご交渉するしかありません。

そんな時、誰かネイティブの人が代わりにコミュニケーションを取ってくれたらと切に思います。ネイティブなら上手に交渉できるだろうし、もっと良い情報や対応を引き出せるんじゃないかって。

日本にいた頃、たまに盲ろう者やろう者から「代わりに言ってほしい」と頼まれたことを思い出しました。

私からしてみると、盲ろう者やろう者が発する発言はユニークで「なるほど、そんな考えがあるんだ」と新鮮であり、何より当事者の重みを感じるものでした。それなのにいきなり発信することを嫌がり、「代わりに言ってください」というのがとても不思議でした。そこには、やはりコミュニケーションの壁があったのでしょうか。

外国人に何かを頼んでも、本当にこちらの言うことをわかってくれたのか、覚えていてくれるのか、ちゃんと返事をくれるのか、対応してくれるのか、アジア人だからとなめられていないのか、そんなことばかり考えています。

要するに、勝手がわからずやることなすこと全てに神経を使っているというわけです。コミュニケーションに困難を抱える人は、多かれ少なかれこんな気持ちなのかなと感じました。

＊　＊

Fさんが外国での周囲とのやりとりに苦労する様子がありありと浮かび、「うんうん、わかる」と思いながら読みました。盲ろう者やろう者が苦労していることとそっくりそのままだからです。

筆談ひとつとっても、相手が丁寧に説明を書いてくれるとありがたいのですが、大抵は内容を一方的にまとめた簡単な用件しか書かれていないことが多くあります。こちらから積極的に質問すると、相手は答えてくれます。もしかすると聞こえない私に対し、どのように対応すればいいのかわからず、戸惑っているのかもしれません。結局、こちら側は自分の勘で動くことが多くなり、非常に疲れます。Fさんとまったく同じようなものです。

大切なのは、通訳とは依頼者に対して、きちんとした情報だけでなく、正しいコミュニケーションを提供する役割があるということです。

伝わる通訳とは、気づきの通訳であること

盲ろう者の通訳をする際に大切なのは、「話していることだけを通訳する」のではないということです。

たとえば、会議です。Aさんが喋ります。次に向かいのBさんが喋ります。途中で割り込む人もいるでしょう。

「Aさんが発言していますよ」

「Bさんが手を挙げています」

「Cさんが割り込みました」

盲ろう者にはそんな状況通訳も必要です。

状況通訳がなされて、初めて、盲ろう者は話し合いの場に参加することができます。ただのおしゃべりを通訳するだけでは、本当の意味での参加ができません。

電話の通訳も同じです。

電話では相手の顔が見えません。それは通訳者も同じです。しかし、相手の言葉以外にも、状況を判断できる情報があります。

「ちょっと待ってね、と言っています」

「音楽が流れています」

「相手は迷っているみたい」

また、何かをメモを取っている音、キーボードを打つ音、ページをめくる音、そういうことまで通訳してもらえれば、盲ろう者は安心して相手が話し始めるのを待つことができます。

盲ろう者への通訳は、この電話通訳を例にするとわかりやすいかもしれません。

ただ、「待って」「まだまだ」と言うだけでは、盲ろう者はいつ話し始めればいいのかもわからず、タイミングをつかめずに会話がズレることもあります。一番言いたかったことが言えなくなることもあるでしょう。

また、会話そのものについても、健聴者には「声による判断」ができます。

たとえば、「怒った声で言ってるよ」といったことまで伝えてくれる通訳は案外少ないものです。

盲ろう者の通訳をする時、私は顔の表情をできるだけ付け加えるようにしています。私自身、そういう通訳をしてもらえず悔しい思いをしたことがありますので、「悲しそうな顔をしているよ」「不機嫌な顔をしているよ」といったことも、きちんと伝えます。発言された言葉そのものについても、理解できるまで説明すべきです。

通常、通訳とは、音声を媒体にある言語を別の言語に変換するものです。翻訳は、文字を媒体にある言語を別の言語に原文に忠実に訳すものです。

盲ろう者の通訳は、この通訳と翻訳の両方の要素を併せ持ち、コミュニケーションを成立させる支援をすることが使命ともいえます。ただ、音声や手話で話されていることを伝えればいいだけでなく、健聴者、ろう者、視覚障害者、盲ろう者の関わりそのものを成立させる作業を忘れてはなりません。

たとえば、福祉の世界では、よく聞く「ノーマライゼーション」という言葉が使われます。手話にもちゃんと「ノーマライゼーション」という単語があります。

しかし、盲ろう者がその言葉を知っているとは限りません。その時には「みんなが平等にやっていける社会を作ることよ」と言葉を換えるのです。すると、次からはノーマライゼーションという手話だけで伝わるようになります。

通訳の内容がきちんと伝わると、盲ろう者の表情がぱっと明るくなります。

通訳介助者はただ情報を与えているだけではだめなのです。

私の通訳がわかりやすいと言ってもらえるのは、そういうことをやっているからかもしれません。大切なのはそんな「気づき」の部分だと思います。

また、私が通訳介助の方法を教える時は、まず、「盲ろう者が一番困っていることは何だと思いますか」という問いかけをします。

目が見えない、耳が聞こえないために単独での移動ができない、情報が得られないというのが大きな困難です。

電車に乗った時、座席がひとつ空いていたとします。その空いている席に盲ろう者を座らせるだけでは通訳としては十分ではありません。いきなり座らされた本人は怖いと感じるかもしれません。バランスを崩して、こけてしまうかもしれません、けがをしてしまうかもしれません。

通訳「あそこに空いた席がありますよ。座りますか？」

盲ろう者「座りたい」

というコミュニケーションが成立し、座まで誘導し、席に座りやすいように介助する、そうすると安全に座れます。盲ろう者が座るまでにはこのように一連の通訳が必要なのです。

自分がもし盲ろうの状態になったら、ということを考えながら通訳をすることが大切です。

境界線の難しさ

ろう者への通訳と異なり、盲ろう者への通訳の場合、「その場で終わり」にできない難しさがあります。

ろう者の場合は、必要な場に通訳が来て、通訳が終われば、その場で別れ、それぞれ帰ります。しかし、盲ろう者の場合はそうはいきません。盲ろう者とまず落ち合って、通訳が必要な場所まで一緒に移動する。その場での通訳が終わって、また、盲ろう者の希望する場所まで手引きして、帰る。中には、盲ろう者への通訳であっても、現場で待ち合わせ、解散することもありますが、そう多くはありません。通訳とガイドの両方を兼ねるため、なかなか通訳者の人数を確保することができません。

そうした中で、私が最も違和感を覚えるのは、「どこまでが仕事なのか」ということです。たとえば、すまいるでの仕事が終わり、同じ職員同士で帰りに食事に行こうという話になります。その職員の中には盲ろう者もいます。そうすると、自然と盲ろう者の手引きをしたり、おしゃべりをするために触手話を使ったり、周囲の通訳をしたりします。これは当たり前のように行われることで、もちろん仕事ではありません。

ところが、こういう時に「手引きをしたんだから、通訳をしたんだから、お金をちょうだい」と言う人がいます。

では、手話サークルの場合はどうでしょう。みんなでスキー旅行に行くとして、その中にろう者も一緒だとします。

すると、旅行中は自然に誰かが通訳をしてくれます。これは手話サークルのメンバーだからしているのであって、お金が発生する通訳ではないと考えるのが自然だと思います。

ところが、相手が盲ろう者となると、お金を請求する人が出てきます。私はそれをちょっと悲しく感じます。盲ろう者が弱い立場だからなのかと思うと、悲しくなるのです。

もちろん、「講演会があるから来てほしい」といったことであれば、仕事として依頼を受けるでしょう。通訳の立場と、同じ仲間としてその場を共有する立場の区別ができない人が多いように感じられます。

もともと、考え方のズレがあるのかもしれませんが、私が大学生の頃、ボランティアをするとなれば、無償どころかお土産を持っていったものでした。

お金を払って実習させてください、という気持ちだったからです。

今はボランティアというと、有料ボランティアのことだと考える人がいます。何でもかんでも仕事、という考え方があるのでしょうか。

私が盲ろう者向けの通訳者を養成する講座で講師をする時は、必ず「仕事ではあるけれど、ボランティアという気持ちも持ってほしい」と言います。すると、「ええ?」と言い出す人がいます。

仕事ではあるけれど、同時に通訳技術の勉強をさせてもらっている、また、コミュニケーションを共有する仲間として一緒にいるのだという気持ちを持ってくれると嬉しいです。

さらに個人的な話になってしまいますが、私は大阪府の盲ろう者向け通訳介助者派遣制度には登録していません。

実際に盲ろう者の通訳を引き受けることはとても多いですし、養成講座などの講師もしていますので、派遣制度に登録してほしいと何度も言われていますが、断っています。

実は、現在と異なる団体に所属していた頃、制度に登録した時期もありました。この派遣制度は、自治体が障害者に配布するチケットをもとに、通訳者への報酬が支払われます。

当然、通訳としてではなく、ただ友人として盲ろう者と遊びに行くようなこともあり、その場合はチケットなどもらいませんでした。それが当たり前だと思っていました。

どこかに遊びに出かけるのでなくても、仕事が終わって、盲ろう者と一緒に電車に乗ることもありました。同じ駅で降りるのであれば、当然、一緒に移動します。それを仕事として請求するのは、ちょっと違うんじゃないかなあと思っていました。

それなのに、誰かが大阪府に対し、「石塚さんがチケットをいっぱいもらっているらしい」「百枚ももらっている」などと通報したそうです。そのため、大阪府から調査を受けたこともありました。

「私がチケットを百枚もらった証拠があるんですか？」

「石塚さんがそういう人でないことはわかってるんですが、話が来た以上、調べないといけません」

とんでもない侮辱です。ですから、私は「もう登録しません！」と言いました。

以前は大阪府と大阪市で盲ろう者向け通訳介助者の派遣制度が分かれており、この制度が後に統一された時にも「登録してほしい」と言われましたが、これもいきさつを説明して断りました。ですから今、私がたとえチケットを持っていたとしても、何の役にも立ちません。ただの紙切れです。

通訳介助員になるには

すまいるが活動する大阪府では、府内在住の盲ろう者を対象に通訳介助者派遣制度が実施されています。

この制度は、府が社会福祉法人大阪障害者自立支援協会に事業を委託し、通訳派遣のコーディネート等を行うものです。

二〇一五年十二月現在、盲ろう者には通訳介助のチケットが年間一〇八〇時間を上限として提供されています。しかし、これでは通訳介助者が確保できるのは、一日三時間にも満たないという大変厳しい状況です。

盲ろう者の不便さを少しでも軽減しようと、すまいるではこの制度を利用するとともに、視覚障害者向けの同行援護（ガイドヘルパー）の派遣も行っています。

さて、大阪府が実施する制度の通訳介助者になるには、年齢が十八才以上、大阪府が主催する盲ろう者向け通訳介助者養成講座の研修を修了する、という条件があります。

これらの条件を満たし、通訳者として活動するろう者も多くいます。

もともと聞こえに障害があった盲ろう者が、ろうの通訳者を求めることは少なくありません。ろう者の自然な手話と、ろう独自の文化・習慣を知っていること、それらが盲ろう者を安心させるのでしょう。盲ろう者のために、ぜひ、ろう者も積極的に活動してもらいたいと思っています。


大阪府が実施する制度では次のような流れで通訳介助者が派遣されます。

■派遣の流れ

①派遣時間と通訳介助者との待ち合わせ場所、時間、派遣事由、通訳介助の際に注意すべき事項、派遣員希望（通訳介助者の指名）を記入した派遣依頼書を、派遣事業先にファックスで送る。原則、派遣希望日の一週間前までに提出する。
②派遣事業先が依頼内容を確認し、通訳介助員を調整する。
③登録通訳介助員の中から適切な人物を選び、必要な情報などを送付する。

④利用者（盲ろう者）へ派遣する通訳介助員の名前を通知する。
⑤通訳終了後は、「通訳介助活動報告書」により、その月分を翌月五日までに報告する。

さらに大切なのは制度だけではありません。社会の差別的な意識や偏見が、障害者自身の自立や活動に影響を与え、生きる意欲を奪い、障害者の心を固く閉ざしてしまうことがあります。このような壁を取り除くには、盲ろう者をはじめ、障害者をひとりの人間として評価し、その人の持つコミュニケーション方法で気持ちを交わし、信頼関係を持つことが大切です。

触手話をいつ学ぶのか？

盲ろう者とのコミュニケーションには、触手話・指点字・手書き文字など、いくつかの方法があります。

盲ろう者は彼らの教育環境や生活環境等によって、習得するコミュニケーションの方法が様々です。どの方法を得意とするのかも一人ひとり異なります。

一般的には、元々ろうの世界で育った盲ろう者は手話、触手話を得意とします。音声言語の世界で育った盲ろう者は、音声の日本語をベースとしたコミュニケーションの方法、指点字や手書き、筆記などを得意とします。なお、すまいる理事長の門川さんによれば、もともと視覚に障害があり盲学校で学んだ盲ろう者でも、手話を得意とする人は、特に外国には多くいるそうです。

触手話は、「元々、聴覚に障害があり、手話を言語として習得した後、中途で視覚障害を伴うようになった」人がよく使う方法です。門川さんは触手話と指点字、手書きなどを組み合わせて使っています。


では、通訳介助者はこの触手話をどのように習得するのでしょうか。

「講座で触手話を勉強してから実践します」

と言う人が多いのですが、できれば「盲ろう者と付き合う中で覚えてほしい」と思います。そもそも手話を理解しているなら、後はもう実践あるのみです。

手話は単語の表現や手の動きだけでなく、手の位置や顔の表情も含めた視覚的言語です。

一方、触手話は盲ろう者が相手の手話に触れて読み取るため、表情などの視覚的表現は手の動きで伝えるように工夫する必要があります。これが目で見る手話と手で触る手話の大きな違いといえるでしょう。

たとえば、ろう者に対して「イエス」と表現するには首を縦に振ればよいのですが、盲ろう者

門川理事長（盲ろう者・左）と私

にはその動作は見えません。盲ろう者に「イエス」と伝えたいならば、頷きの手話を表現するのです。

さらに、どの通訳方法であっても、会話だけでなく、見える人や聞こえる人にとっての視覚情報と聴覚情報も伝えることが大切です。

「今いる部屋の様子」

「道端に咲く花や空の色」

「誰が話しているのか」

「相手はどんな特徴を持っているか」

ただし、ここで重要なのは、通訳者の主観をできるだけ排除し、「見たまま」「聞いたまま」を伝えることです。

通訳者の勝手な判断で「この情報は不必要だから伝えない」とは考えず、判断を全て盲ろう者本人に任せる姿勢で通訳しなければなりません。

盲ろう者は自力で周囲の情報を得ることが非常に困難です。知りたい情報を自由に得ることができないため、さみしい思いをしている人が多いと思います。そのため触手話など、盲ろう者のコミュニケーション方法ができる人を心から求めています。

たとえ、最初は触手話ができなくも、手のひらに指で文字を書く手書き文字を使えば、大半の盲ろう者は意味を理解します。

まずは盲ろう者の肩や腕を軽くたたき、盲ろう者の手に触れて名前を伝えましょう。話しかけてみることからコミュニケーションが始まります。

「既に学んだ知識」はもちろん大切ですが、「これから学ぼうとする意欲」はもっと大切です。

真の意味で、盲ろう者の目となる

通訳をしていて多くの人が迷うのが、「本当にすべて通訳すべきなのか」ということです。相手がめちゃくちゃなことを言っている。それを通訳することで、自分が不利な立場に立たされるかもしれない、そこで、自分を守るために、内容を少し変えて通訳してしまう、ありのままの通訳ができない、という悩みです。

たとえば、ろう者の私が会社を辞めることになり、通訳と一緒に会社へ行ったとします。まだ給料をもらっていないので、ちゃんと払ってほしい、その交渉をしたい、という状況だとします。

私の要求を通訳を通して伝えます。私はまさに憤怒、しかし、通訳がそれを伝えず、優しい言いまわしに変えてしまう、よくある状況です。

極端にいえば、私が「バカ」と言っているのに、通訳がちゃんと「バカ」と伝えてくれない。通訳としては自身の立場を考えたり、双方のことをよかれと思ったりして、そうするのかもしれません。しかし、ろう者は、自分の思いをきちんと伝えてもらっていないと不満をため込むことになります。

通訳者の本当の役割は、ありのままを伝えることです。にもかかわらず、ありのままに伝えない通訳者が多いのです。欧米ではそのまま伝えるのが当たり前とされているようです。

私が通訳をする時は、依頼者（盲ろう者やろう者）の立場になり、依頼者の発言をそのまま相手に伝えます。また、視覚的情報等、盲ろう者が知っておいた方が良いと思われるような情報を、より多く取り入れ、通訳者の立場から伝えるようにもしています。

しかし、通訳をするのは人間ですから、感情がぶつかり合うこともあります。

「言った」「言わない」というトラブルもたまにあります。お互い人間である以上、「好き・嫌い」「合う・合わない」という問題も出てきます。

他にも「わかりにくかった」「タイミングがかなりずれていた」と盲ろう者に怒られて、泣き出してしまう通訳もいました。また、他の人のいる前で怒られて、「もうこの人の通訳はしません」と、盲ろう者の悪口を言いふらす人もいました。

ここまでくると、お互い人間ですから仕方ありませんね、とは言えなくなってきます。

そんな時、私がよくイメージするのは大縄跳びです。

縄を飛ぶには、回っている縄のスピードをよく確認して、飛ぶタイミングを見極めなければいけません。回っている縄と呼吸が合わなければ、縄に引っかかってしまいますし、なによりみんなで楽しく飛んでいる縄を、また、みんなが更新している記録を止めてしまいます。

盲ろう者やろう者の通訳も同じで、話の内容が理解できないから答えないのではなく、十分な情報を得てからでなければ、話の流れに乗ることができないのです。

ですから、私は盲ろう者に対してどんなささいなことも通訳し、状況や情報を伝えるようにしています。

常に依頼者と第三者の望んでいること、両者の立場を考えながら、わかりやすい通訳を心掛けることが大切なのではないかと考えています。

通訳者の力量によって、盲ろう者やろう者の社会参加が左右されると言っても過言ではありません。

手話通訳者の中には言葉の通訳だけすればいいとでも思っているのか、言葉だけを淡々と通訳し、相手がどんな感じでしゃべっているのかを全く伝えない人がいます。健聴者の多くは喜怒哀楽をあまり表情に出しません。そのかわり、声そのものに表情があります。ですから、声のトーンや雰囲気を伝えてもらわないと、通訳を受ける方は話の全体像がつかめず、言いたいことも言えずじまいになることがあります。

盲ろう者の通訳であり、通訳を受ける立場でもある私から言えることは、通訳者がやるべきなのは正確な言葉の伝達はもちろんのこと、まわりの状況や相手の雰囲気も伝え、盲ろう者がその場にいる人たちと同じ行動ができるよう、そっと背中を押すことだと思います。

盲ろう者、ろう者のバリアフリーとは？

盲ろう者と通訳介助者の間には、誤解やすれ違いによるトラブルが起きることもあります。外部からの情報を得にくい盲ろう者との関わりを考えると、むしろ日常的に起こりうると言えるでしょう。

しかし、「言った」「言ってない」といったことにどう解決するかは、お互いで話し合い、その上で妥協する必要があります。一方的に「盲ろう者はわがまま」「社会性に欠けている」といったレッテルを貼らないでほしいと思います。

盲ろう者やろう者が周りの健聴者に合わせているということを忘れ、一言で「対等」と言うのは無理があります。

もちろん、盲ろう者やろう者も健聴者が手を差し伸べてくれるのを待つだけではなく、自分から積極的に働きかけなければなりません。ノーマライゼーション、つまり障害者が普通に生活することを妨げる多くの障壁が今も横たわっています。

ひとつは物理的な障壁。

たとえば歩道と車道の段差、エレベーターやスロープの不備、点字ブロックの不備、身体障害者用トイレの不備、銀行ＡＴＭや駅の切符売り場のタッチパネル、電話での問い合わせができない、電車やバスなど公共交通機関でのアナウンスが聞こえない、などといったことです。

また、制度的な障壁。

入学、就職、資格試験など、「障害者だから」という理由で受け入れてもらえないことは、まだまだ日常的にあります。

さらに、障害者に対しての偏見。

盲ろう者や聴覚障害者がもっとも苦悩するのはコミュニケーションが保障されていないことでしょう。盲ろう者が利用しやすいコミュニケーション環境もまだまだ不十分であり、盲ろう者やろう者が情報化社会から疎外されている問題は解決されていません。

ろうベースの盲ろう者やろう者は、語彙が少ないために自分の言いたいことをうまく伝えられない伝達の障壁を感じています。そのため、ろうベースの盲ろう者の主体性を認めず、庇護すべき存在として健聴者が保護者の立場で彼らを管理するという考え方が多いように思います。

このような社会の差別的意識や偏見は、障害者の自立や活動に悪影響を及ぼし、社会参加への積極性や生きる意欲を失わせ、自らの心を閉ざしてしまう結果を作り出しているのかもしれません。

この壁を取り除くには、盲ろう者やろう者を一人の人間として認め、さまざまな工夫でコミュニケーションを積み重ね、信頼関係を作り上げることが必要です。コミュニケーション障害の原因は盲ろう者やろう者にだけあるのではないことに気づいてもらえたらと思います。

あらゆる障壁をとりのぞくことがノーマライゼーションの課題であり、バリアフリーな社会を築くことが障害者の自立につながります。

人は生きているかぎり、コミュニケーションが必要不可欠です。

さらに、中途で障害を持った人には、先天性の障害者とは異なる独自の困難やニーズがあります。何らかの病気や事故などが原因で障害を持ち、生き甲斐を失ったり、精神的な孤独感を強め、生きることに対して投げやりになったりします。精神的な不安から、周りの人に強い猜疑心を持ってしまうこともあるでしょう。そのために人間関係や価値観などが変わってしまうことも考えられます。どうすれば障害を受容し、新しい人生を歩むことができるようになるか、そのことを考えることも必要ではないかと思います。

盲ろう者の通訳者として思うこと

「あなたはずっと僕から離れないでほしい。あなたがやめるということは、僕もやめるのと同じなんだから」

ある時、盲ろう者に言われた言葉です。

会議やちょっとした話し合いの場など、通訳者がいなければ、盲ろう者はどうすることもできません。少しでも通訳者がその席を離れてしまうと、盲ろう者は通訳者が戻るまでただ待っていることしかできないのです。

やっと通訳者が戻って来ると、凍結していた空気が瞬時に解凍されたかのような安心感を盲ろう者は覚えるのです。

一度、盲ろう者と小さなことで喧嘩になり、自分の頭を冷やすため、その場を離れ、トイレに行ったことがありました。

席に戻ると、盲ろう者が私に謝ったのです。私は本当に悲しくなりました。喧嘩はどちらにも原因のあることでした。私からも謝らなくてはならないのに、その場を離れ、盲ろう者を不安にさせてしまったことを反省しなければなりませんでした。

たとえ、どのようなことが起こっても、通訳者であった私は盲ろう者から離れてはいけませんでした。

盲ろう者向けの通訳介助者はまだまだ数が足りないのが現状です。

そのため、「通訳してくれるんだから」「手引きしてくれるんだから」といろいろなことを我慢している盲ろう者もいます。

通訳が下手でわかりにくくても、それを言えば、相手は傷つき、自分の通訳をやめてしまう、そうなっては困るからと、通訳者に過度に気を遣うこともあるようです。

ある盲ろう者がアメリカに旅行した時のことです。

盲ろう者が就寝したので、同行の通訳介助者はこっそり部屋を出て飲みに出かけました。

時間が経ち、トイレに行きたくなった盲ろう者が目を覚ましました。呼びかけても通訳介助者はいません。

しかも、部屋の情報を盲ろう者にしっかり伝えていなかったために、自分のいるところから、どう行けばトイレにたどり着くのかがわからなかったのです。ましてや外国にいるということで、盲ろう者の不安はますますつのり、べそをかいてしまいました。

そんな時に通訳介助者が戻ってきました。

しかし、そのことを厳しく言うと、通訳介助者が怒って、自分の通訳を放り出してしまうかもしれないと思い、盲ろう者は帰国するまで我慢したそうです。

すまいるで盲ろう者向け通訳介助者派遣事業を利用するようになり、十五年以上になりますが、制度にも、通訳者にもまだまだ不十分な点が多くあります。

また、盲ろう者の介助はできても通訳技術が未熟という問題もあります。通訳介助をしてくれる人が少ないため、盲ろう者が我慢せざるを得ないことも多々あるでしょう。

実際に「通訳がわかりにくい、と失礼なことを言われた」と、盲ろう者を悪く言う通訳介助者がいたことも事実です。そもそも、「盲ろう者が大変な思いをしているから助けたい」という気持ちから、通訳介助活動を始めた人がほとんどです。「自分にできることがあれば」という気持ちが最初にあったわけですが、どうして盲ろう者にそんなことを言われたのかを考えるべきでしょう。

そういう意味では、盲ろう者の手話のくせや話し方の特徴をより理解しやすい、または、聞こえないという同じ背景を持つ聴覚障害者が通訳活動に積極的に参加してほしいとも思います。

「障害者はかわいそうだから何かしてあげる」というのは、少し違うと思っています。人それぞれに運命があります。障害があっても社会の意識を明るく変え、住みやすい町を作り、みんなで幸せになる、そんな考え方がいいのだと思います。

［第六章］ ろう者のひとりごと

ろう者今昔

健聴者がろう者に対して持っている誤解のひとつに、「生まれつき聞こえない、幼い時に失聴したろう者は、言葉が話せない」というものがあります。

昔、母と一緒にタクシーに乗った際、母が運転手にこう言われました。

「お連れの女性は外国から来たんですか？日本語がうまいですね」

「娘です。聞こえないんです」

母がそう説明すると、運転手は驚いていました。聞こえない人は言葉を話せない、と誤解していたそうです。

今は聴覚障害者のことを「ろう者」とも言いますが、昔は「ろうあ者」と言いました。ですから、一定の年齢以上の人には「聞こえないのだから、話せないはずだ」という先入観が強いのでしょう。先天的なろう者であっても、声を使って話すことができる人はたくさんいます。ただ、健聴者のような発音は難しいと言わざるをえません。

さて、最近、時代が変わったんだなと思うことがたくさんあります。

たとえば、お店などに行った時、こちらが聞こえないと分かると筆談でコミュニケーションをしようとしてくれたり、また、中には手話を使ってくれる人がいたりします。メモに要件を書いてくれるのが当たり前になりました。昔は「聞こえない人が来た、どうしよう！」とばかりに、おろおろする人が多かったのです。ろう者の存在が以前に比べて身近になり、コミュニケーションには何が必要かをイメージしやすくなったのでしょう。

かつては、手話をしているろう者を見て、阿波踊りのようなジェスチャーをして、からかう人もいました。また、子どもが好奇心からろう者の手話をじっと見ていると、お母さんが「見ちゃいけません」と、悪いものでも見るかのように子どもを遠ざけようとしたものです。腹立たしく感じたものですが、最近そのような思いをすることもなくなりました。

聞こえない私が思ったこと

大学生の時、ろう学校の先生に手紙を出したことがあります。

「ろう学校では、口話法であれだけ頑張って勉強をしたのに、私の声は健聴者にスムーズに伝わっていないことが多い。なぜ、口話にしぼらなければいけないのか。口話のろう教育がいまだに私の発音に尾を引いていると思う」

先生はきちんと返事をくださいました。

「聞こえない子どもが最初に手話を覚えると、それに頼って発音や音声による会話ができなくなる。もし、健聴者の多い社会で、他のみんなが手話を知っているなら、先生や親が鬼になることはなかった。しかし、ろう学校を卒業して社会に入る以上、音声による会話ができなければ、きっと困る。あなたも、あの時、口話の勉強をしたからこそ、今こうやってしっかりと手紙を書けているのだと確信している」

唇の動きで相手の話を読み取る口話だけでも、手話だけでも、その両方を使ったとしても、どうしても伝わりにくい部分があります。それは、聞こえないことに対する理解が不十分であったり、健聴者とろう者の文化が違うからだったりするからでしょう。これはもうお互いに経験を積み重ね、より良い方法を探っていくしかありません。

口話か手話か

ろう学校では今も、発音による口話のコミュニケーション教育をさらに進めるべきか、それとも手話をメインにするべきかという問題をめぐって、議論になっているようです。近年は全国の自治体で次々に手話言語条例が制定され、手話通訳がかなり身近になってきました。そのため、これからは手話だけでも大丈夫だという意見もあります。

しかし、私は、コミュニケーション手段は複数ある方が良いと思っています。

「実際のところ、口話をいくらがんばっても流暢にはしゃべれないし、一般の健聴者はその内容をうまく聞き取れない」

そういう人もいます。

しかし、たとえば喫茶店に行ってメニューを見ながら、口話で注文するとします。するとこちらの言いたいことはメニューの範囲内の言葉だと予測できますから、店員さんはちゃんと理解してくれます。関係のない場所で唐突な話題であれば、口話のコミュニケーションが難しいこともあるとは思いますが、声と文脈がつながれば、多少、不明瞭な発音であってもきちんと伝わるでしょう。

私は小さい頃から口話に触れ、手話を覚え、そして、手話の中にも複数の体系があることを学んだおかげで、今があると思っています。それらのコミュニケーション手段を実際に駆使する体験ができたからこそ、健聴者が思いつかないようなことにも気づける、ろう者の気持ちがわかる通訳者として活動できる、と思っています。その当時にはひどいと思ったことも、くやしくて仕方なかったことも、今となってはかけがえのない経験だったといえます。

ひとくちに聴覚障害者といっても、口話が苦手な人、手話が苦手な人、文章を書いたり読んだりするのが苦手な人、いろんな人がいます。また、少々、発音や文章がぎこちなくても、持ち前の愛嬌で周囲と仲良くしている人、読書を趣味にしている人、専門分野で活躍している人等もいます。大切なことは聞こえない・聞こえにくいために直面する困難、そこから生じるニーズによって、口話や手話を使うことなのです。

見えない障害

ろう者は健聴者と外見の違いがなく、誤解されることも多くあります。

「行きたい場所へ自由に行けるから、障害者の中では一番、負担が軽いはずだ」とか、「字が読めるんだから、筆談で意思をしっかり表現できる」とか、「聞こえないから、嫌な話を聞かずにすむから、いいね」とか、「うるさい中でも平気で眠れるから、うらやましい」とか。

ろう者が集団の中で何か作業をしなければならない時、その内容を理解できていれば、問題ありません。しかし、言われたことをスムーズに理解できるとは限りませんから、私たちはいつもみんなの様子をうかがって、神経を張り詰めています。

また、健聴者が大勢いる中では、スムーズに話の輪の中に入れません。

一対一なら話ができても、人が増えてくると、だんだん聞こえないろう者の存在が忘れられ、あちこちから話が入り乱れ、とうとう話の内容がわからなくなります。隣にいる人に「何の話？」と聞けば、その時は通訳してくれるかもしれません。しかし、その人が発言すれば通訳する余裕がなくなり、どんどん話についていけなくなります。あまりに何度も「何の話？」「何と言ったの？」と質問するのも、なんだか自分がみじめに感じられ、また、その場の雰囲気を壊してはいけないとも思い、時には、わかるふりをしてしまいます。会話に入れたとしても、タイミングがずれるとしらけてしまって、恥をかきます。そのため、ろう者は無言にならざるを得なくなるのです。

職場で「聞こえない人はおとなしくて、無駄口をたたかない。仕事に集中する」と高い評価を得ることもあります。しかし、それは存在が無視されているだけなのかもしれません。職場では休憩時間になっても、コミュニケーションが取れないために、ろう者は一人でいることが多くなります。結果、普通校や職場などの生活の場で、ろう者は会話から疎外されてしまいます。その孤独感からくる苦しみは並大抵のものではありません。

また、家でくつろぐ時も、音楽観賞の楽しみはありません。友だちと電話をすることもできません。テレビを観ても、字幕や手話通訳のある番組は限られています。しかたなく、観たくもない字幕番組を観たりします。

孤独感から逃げ出したい。情報がほしい。

そんな気持ちでろう者の集まりに行き、遅くまで話し込むこともしばしばあります。そんなことから、「よく遊ぶ」と短絡的に批判されることまであります。

つまり、聴覚障害者は情報障害を伴っているのです。聞こえないために、言葉の習得に苦労するだけではありません。周囲とのコミュニケーションが取れない、思いもかけない誤解を受ける、精神的な負担が大きい、など。また、人は日常的な会話の中で世間の常識を学んでいくものです。ろう者はその情報が入ってこないために、常識知らずと言われることもよくあります。

これは笑い話ですが、私は子どもに指摘されるまで長い間「ポチ袋」のことを、小さなカバンの「ポーチ」だと思っていました。普通、「お年玉を入れるような小さな袋のことを、ポチ袋と呼ぶ」と改まって学ぶ機会はあまりないでしょう。健聴者のほとんどは、いつのまにか言葉が耳に入り、そして覚えていくのだと思います。ろう者にはそういった機会がありません。

ろう者の先輩からこんな話を聞いたことがあります。

その先輩は、ろう者のための日本語教室があると知り、参加しました。先生が出したテーマに沿って、作文を書いたところ「小学五年生程度の学力」と言われ、恥ずかしかった、と話していました。

私もそうですが、ろう学校では早くから口話法の教育にこだわってきました。三十年以上、口話で話せるようにがんばってきましたが、その成果は満足のいくものとはいえません。というのは、健聴者と同じきれいな発音ができていないからです。

しかし、現在、ろうの両親の元で育ったろう者は最初から手話でコミュニケーションを取るため、健聴の両親の元で育ったろう者よりも入る情報量が多く、論理的思考ができるという報告がいくつもあります。そのため、最近は早期から手話を導入するろう学校が増えたそうです。

先輩が話していた学力の問題は、まさに情報障害からくるものなのです。

諦めの境地

運転中に、車に接触される交通事故に遭ったことがあります。

警察を呼ぼうと思いましたが、私には電話ができません。そこで近くを通りかかった健聴者の人に私の携帯電話を使って、通報してくれるようお願いをしました。

警察が来るまで、私はぶつけてきた相手と筆談で話をしていました。その間、相手は申し訳なさそうな態度でした。

ところが、警察官が来た途端にがらっと態度を変え、勢いよく話し始めました。私にはその様子から、相手は「自分が被害に遭った」と文句を言っているように見えました。

「ちょっと待って！　電話をしたのは私なんですから、先に私の話を聞いてください」

私はそう言ったのですが、警察官は私の声から、私が耳が聞こえないとわかると、私から話を聞くのを後回しにしました。

「後でゆっくり聞きますので、待っていてください」

警察官は相手の話ばかり聞いており、なかなか私に尋ねる様子がありません。ずっとイライラしながら待っていました。

やっと私に振り向いたかと思うと「免許を見せて」と言ってきました。

私が「えっ？」と不信を露わにしました。警察官の言っていることがわからなかったのではありません。「私の話を聞かないのか」という反論の意を示したものですが、うまく伝わらなかったようです。

私が抗議の意味を込めたジェスチャーを示しても、警察官は懲りずにメモを使って、『免許見せて』と筆談してきました。

私はそのメモを奪うようにして『私が電話をして警察を呼んだのに、なぜ私の話を聞かないんですか』と書いたのですが、あまりに腹が立っていたため、書いた字はミミズのようにふらふらになっていました。

『免許を見せてほしい。相手の話を十分聞きましたから大丈夫です。車の運転者が誰なのかを確認したい。あなたの話は聞きます。待ってください』

警察官はそう書いてきたので、私は免許を出しました。

その時、偶然、同じ職場の人が通りがかりました。

「何かあったの？」と声をかけられたので、その場で手話通訳をお願いし、警察官と話ができました。

しかし、ぶつけてきた相手には「保険会社と話して修理に出してください」と警察官は話しており、先に帰してしまっていました。それから、話をしていると、私と相手の言い分が食い違っていたことがわかりました。困ったなあという警察官の顔を今でも覚えています。

しかし、すでに警察官は相手から聞いた内容で報告書を作っており、「承諾したら、印鑑を押

してください」と言ってきました。事実とは違うので、印鑑を押さない、書き直してほしいと言いましたが、

「まあまあ、少々違っていても内容はあまり変わっていませんので……」

そう言って、改めて承諾を求めてきます。私は最後まで拒否すると、警察官はブツブツ言いながら自転車で帰っていきました。

このことをろう者に話すと、自分にも似たようなことがあったと言われました。

電車が事故で遅延するといった場合、車内や構内のアナウンスがわからないので、駅員に確認せざるを得ません。しかし、ここでも後回しにされます。仕方なく人の流れを見て判断するしかありません。

今では、携帯のメールなどでも情報が確認できるようになり、大変助かっています。

お店でほしい商品について店員さんに尋ねている時でさえ、他のお客さんから声をかけられると、店員さんは声で通じる方を優先してしまうのです。

健聴者であれば、店員さんが他のお客さんから声をかけられた、どんなことを聞かれているというのがわかりますが、私たちろう者はいきなり店員さんがあらぬ方を向いてしまう、口話が見えなくなってしまうために、不安になったり、不快感を覚えたりしてしまうのです。

また、いくら家族といっても一〇〇パーセント障害を持つ当事者の気持ちがわかるとはいえま

せん。同じく、障害を持つ家族が、障害を持たない家族の気持ちを理解するのも難しいものです。

元の夫の友人家族とみんなでバーベキューをしたことがありました。

その時、「ご主人は飲み干した空のビール瓶をドラム代わりに叩いてみたんだけど、なかなかうまかったよ。昔はギターをよく弾いていたからね」と教えられ、大変ショックを受けたのを覚えています。

元夫は車を運転する時にCDを聴く程度だと思っていたのに、そんなに音楽が好きだとは知りませんでした。

音楽が好きなのであればいくらでも聴けばいいのに、聞こえない私に遠慮していたのかと思うと、悲しくなりました。私のために我慢していたと知り、彼の気持ちに気づかなかった自分を責めました。

多くのろう者は、そういった日常生活の端々で「諦め」を積み重ねて生きています。

また、その他にも、「みんなは自分のことをわかってくれない」と考えてしまう場面はたくさんあります。

たとえば、病院に行って、自分の症状を医師に伝えられなくて、かんしゃくを起こすろう者は少なくありません。医師はそんな気も知らず「このろう者は精神不安定だな。注射を打っておこう」なんてことになれば、ろう者はさらに「やはり理解してもらえないのだ」と頑なになってしまうのです。

そんな中、市役所に相談に行き、すまいるを紹介され、私たちを訪ねて来られる方もおられます。

いろんな出会い

私を大きく変えたのは盲ろう者との出会いでした。

昔は他者に対して自分の感情をストレートにぶつけていましたが、盲ろう者は相手の様子を目で見ることができません。

ですから、こちらが怒っていても、まず、冷静に怒っている理由を言葉で説明しなくてはならず、そのことが私に感情をコントロールすることを教えてくれました。

今では「あなたは優し過ぎる」と言われることさえあります。時には「ついていけない」とまで言われ、私のほうが戸惑いを感じるほどです。

私としては、困っている人がいたらなんとかしてあげたい、助けてあげたいと思い、放っておけないのです。たとえ、それがだまされているのだとしても、だますよりは気が楽です。だまされたのなら、だまされた自分が悪いと納得できるからです。

今まで参加したいろいろな研修会でも、通訳の対象者へ与える情報の量やタイミングについて考えさせられることばかりでした。

「過去の自分が行ってきたことは自己満足だったのではないか？」

などと心の中で葛藤を続ける毎日ですが、とにかく自分が納得できるまでやりたいと考えています。


そんな私も聞こえないことは、けっして不幸ではありません。聞こえないために壁にぶつかることはあります。しかし、喜びや幸せもあります。同情されても嬉しくありません。

たとえば、盲ろう者が和太鼓の演奏を失敗したり、下手な演奏をしたりしても、「すばらしい」と言われます。同じ人間として感じたことを教えてください。どこが悪かったかを教えてもらえたら、次をがんばることができます。

そして、障害があるために、どうしてもできないことをお手伝いしてもらえたらと思います。聞こえないことよりも、みんなが対等に接してくれないことの方が悲しいこともあるのです。

私と同じ「すまいる」で働いている長男は、和太鼓を叩くリズムを私や盲ろう者に伝えようと、音を振動で伝える発信機器を付けるという工夫をしてくれています。こういう思いやりは、聞こえない者にとってはとても嬉しいものです。

耳から入る情報

ある盲ろう者とおしゃべりをしていた時、こんなやりとりがありました。

「盲ろうのあなたにもし、神様が耳と目のどちらかをひとつ与えようと言ったら、あなたはどちらをもらいますか？」

「もちろん、耳をもらう」

それを聞いていた私は複雑な気持ちになりました。音を聞いた記憶のない私は、音の世界とまったくと言って良いほど無縁です。

簡単に比較することはできませんが、目から入る情報と比べ、耳から入る情報はコミュニケーションや言語の習得、そしてそこから生じる考える力に大きく関係しているそうです。そのため、「視覚障害者が哲学者になる例はあっても、聴覚障害者が哲学者になる例はまずない」とまで言われています。

ただ、助詞などを用いる、音声の日本語により近い日本語対応手話で会話をする聴覚障害者は、比較的高い文章能力があるようです。

それに比べて、日本語に対応しない日本手話で話す聴覚障害者には逆の傾向があります。これも聞こえないことからくる情報障害と、音声の日本語の獲得に大きく関係しています。

気持ちがわかる

障害を持つ人の困難や葛藤を理解するのは非常に難しいものがあります。

ある日、家族がみんな出かけて、家でひとり息抜きをしていると、知らない間に母が忘れ物を取りに戻って来ていたことがありました。扉の音、足音などが聞こえない私は、まさか母が帰って来ているとは知らず、突然、「また出かけるわね」と母に後ろから肩を叩かれ、「ギャーッ！」と叫び、飛び上がってしまいました。

母は私の大声にびっくりして「驚かせないでよ！」

「私だって心臓が止まるかと思ったよ！」

「大げさね」

母はそう言って呆れながら家を出ていきます。

健聴者なら周囲の物音で家族が戻ってきたことに気づくでしょうが、私はまったく気づきません。

逆に、母も高齢で耳が遠くなり、私が帰宅して、「ただいま」と大きな声を出しても聞こえていないことがありました。すると、突然あらわれた私に、母も「ギャーッ！」と叫んでびっくりしていました。

「聞こえない私が驚くのが理解できたでしょう」

私が嫌みっぽく言うと、母はうんうんと頷いて、笑っていました。

こんなふうに日常のちょっとしたことから、障害を持つ人の困難や気持ちがわかってもらえると、とても嬉しく思います。

ろう者の私だからこそ言えること

少し体調を崩し、入院していた時、ろう者へのぼやきも書こうと思い立ちました。ろう者の私だからこそ、ろう者を見ていて恥ずかしく思ったり、情けないと感じたりすることがあったからです。

大学時代のことです。私が所属していた「漫画クラブ」の集まりに、「ろう者の世界」について取材をしているアメリカの大学生が来たことがあります。彼女に質問された私は「幼稚部から高等部、専攻科まではろう学校にいるので、コミュニケーションに不便さを感じることはないが、社会人になると周りはほとんどが聞こえる人で、聞こえないのは自分一人だけ。会話もできず、孤独に仕事をするしかなく、唯一の楽しみは休みの日に仲間であるろう者の集まりに行くこと。それがまさにろう者の世界なのだと思う」と答えると、その学生は「今までいろんなろう者に同じ質問をしたけれど、これといった答えがなかった。今日は取材の最終日だが、初めて納得できる答えを聞けた。来た甲斐があった」と喜んでくれたことを思い出しました。

一般の人には理解しにくいかもしれませんが、確かにろう者の世界というものは存在するのです。

私がろう学校に通っていた時、同級生は全員ろう者ですから、コミュニケーションになんの不自由もありませんでした。ところが普通学校に入ってみると周りはみんな聞こえる人で、聞こえないのは私だけ。苦しくてさみしくて、仲間に会いにろう学校へ遊びに行くと、「聞こえる学校に行っていることを自慢しに来たのか」「裏切者はもう二度と来るな」と言われてしまいました。聞こえる人が通う学校に行くということは、「ろう者の世界を捨てる」ということで、それまでどれほど仲良くしていても、裏切者扱いされてしまうのです。

私の通っていたろう学校は「口話教育」が中心でした。先輩は手話を使っていたので、見よう見まねで手話を覚えましたが、それは日本語対応手話。インテグレート（障害者が健常者の世界に入ること）してからは、手話より先に口話がでるようになり、余計にろう者に疎まれるようになってしまいました。手話ができてこその「ろう者の世界」。ろうの友人から相手にされず、聞こえる人にもついていけない。自分の居場所もなくなり、死んでしまいたいとさえ考えました。

そんな時、大阪市立聾学校出身のろう者と知り合いました。市立聾学校は私が通っていた学校とは違い、手話での教育を重んじていました。「ネイティブサイナー」である彼らの手話に魅せられた私は、必死になって日本手話を覚えました。それでようやく「ろう者の世界」の住人になることができたのです。手話ができないと受け入れられない、それは本当に悲しいことだと思います。

ろう者は同じ聴覚障害を持っていても、口話ができる難聴者を、健聴者と同じようにしゃべれるということで妬み、自分たちとは違うと線引きをしてしまいます。そんな態度を見ていると「心が狭いなあ」と感じてしまいます。

ろう者は聞こえる人に対しては、「手話ができないのが当たり前」と思っているので寛大なのですが、聞こえないのに手話ができない難聴者は許さないのです。ろう者の私がこんなことを言わなくてはならないのは情けないのですが、ろう者自身聞こえないことで差別を受けているはずなのに、どうして難聴者を差別するのか。もっと人の痛みをわかってほしいと思います。

聞こえる人からも「ろう者の世界から離れたほうがいい」「世話をしすぎているのでは」と言われます。しかし、「ろう者の世界」は私のふるさとです。絶対に離れることはできません。そんな私でもろう者の友人、難聴者の友人と会う時は、彼らがはちあわすことがないように予定を入れたりしています。本当に、つくづくお互いをわかり合うのは難しいと感じています。

そして、ろう者は、盲ろう者のことを「かわいそうだ」と言いますが、私が逆に「あなた、聞こえなくてかわいそうね、と言われたらどう感じますか?」と聞くと「腹が立つ」と答えます。相手のことを憐れむより、その人に対して自分が何ができるのかを考えることが大事なのではないでしょうか。ろう者の私だからこそ、あえてろう者にそう言いたいのです。

ろう者は聞こえないために、どうしても言葉自体や自分の考えを表現するのに限界があったり、自分の世界が狭くなったりしてしまいます。健聴者の世界にあわせて生きていかなければならない憤りもあるでしょう。それは私も同じです。

しかし、これだけ多様化が叫ばれている時代です。少々、発音がぎこちなくても、文章がつたなくても、もっと外の広い世界に目を向けてほしいと思います。

聞こえる人との溝

聞こえる人とろう者の関係も一筋縄ではいきません。聞こえる人は「ろう者に何か言っても仕方がない」と思っているし、ろう者は聞こえる人に気後れしてしまって言いたいことが言えません。お互いに言いたいことを言い合えてこそ、対等な付き合いができると思うのですが、これがなかなか難しいのです。

ろう者は日本で生まれ育っています。それなのに同じ日本で暮らしている聞こえる人たちと違う価値観、文化を持っています。日本人とアメリカ人だったら文化が違って当たり前ですが、同じ日本で暮らしていながら文化を共有できないなんて、考えられないですよね。これはなかなか奥が深い問題で、ろう者の近くにいて、手話を学んでいる人たちでも理解できないようです。

ろう者は日本語とは違う文法を持つ「手話」を母語とするマイノリティです。どうしても、耳で聞いて覚える音声言語の「日本語」を完全に習得するのは難しい面があります。耳からの情報が入らないことで、聞こえる人には常識と思われることを知らないろう者はたくさんいます。「自分はろう者なのだから仕方がない」「聞こえる人がろう者に合わせるべきだ」という意見をろう者からよく聞きますが、圧倒的に聞こえる人が多い世の中では、ろう者も時には聞こえる人に歩み寄ることも必要だと思います。

ろう教育のあり方も、見直していかなければならないと思っています。ろう文化に誇りを持つことを教えることももちろん大事ですが、聞こえる人とうまく付き合っていく術を、ろう学校でも教えるべきだと思います。幼稚部から専攻科までずっとろう学校という閉鎖された社会で過ごし、成人する頃になって、突然、聞こえる人の社会に放り出されたとします。そこから、社会や聞こえる人との関係を築いていくのは、並々ならぬ時間とエネルギーが必要です。そのため、心を閉ざしてしまったり、自分はもうだめだと諦めてしまったりするろう者は本当に多いのです。

［第七章］

よりよいコミュニケーションのために

日本手話と日本語対応手話

ろう者同士の手話を見ると、口を動かさず、表情豊かにスピーディーに手を動かしているのに気づくと思います。

手話には、ろう者が言語として習得する「日本手話」と、日本語を学んだ上で習得する「日本語対応手話」の二種類があります。厳密にいえば、日本手話と日本語対応手話が混在する「中間型手話」も存在します。

多くの健聴者がイメージしているものは日本語を手話に置き換えるもので、これは「日本語対応手話」です。健聴の手話通訳者や、中途で失聴したろう者が身につけるのは大抵が日本語対応手話です。

これに対し、主に先天的なろう者は日本語の文法とはまったく異なる「日本手話」を身につけます。いわば「日本人が日本語で思考し、アメリカ人が英語で思考する」ように、日本手話が母語であるろう者は「日本手話で思考している」といえます。

つまり、日本手話を習得したろう者は、日本語を理解するには日本手話という思考を経由して理解しているとも言えるでしょう。

手話に接したことのない人にとっては、「手話」＝「視覚化した日本語」という誤解があります。そうではなく、日本手話は日本語からまったく独立した別の言語であると理解してもらわなければばなりません。

そして、言語が異なるのだから、文化も異なる。

そう考えることが、ろう者文化を知る一助ともなるでしょう。

例えば日本人にとっての「上座」が座敷の一番奥であるのに対し、ろう者にとっての「上座」は座席の中央を指します。これは両言語のコミュニケーションにおける特徴の違いから来るものです。

また、「ろう者は遠慮のない、失礼な言い方をする」と評価されがちなことについても、「アメリカ人は表現がストレート過ぎる」と言っているようなもので、言語の違いから生じる文化の違いと受け止めてもらえたらと思います。

ろう者に難しい表現

健聴者にもっと理解してもらいたいと思うのは、ろう者の言語体系が健聴者のそれとは異なるということです。

実際にあった話ですが、印刷会社でまじめに働いていることを評価されているろう者がいました。

会社は多忙でしばらく残業が続く時期でみんなが残っていましたが、その日はろう者には残業の情報がありませんでした。自分が残業したらかえって会社に迷惑かもしれないと思い、その人は先に帰りました。

すると課長に「みんな残業しているんだから君も残りなさい。みんなを残して自分だけ帰るなんて、よくできますね」と言われました。

するとろう者は「よくできますね」を「あなたは仕事がよくできますね」と解釈しました。そこで喜んでいたら、後ろから課長に丸めた紙で頭を叩かれました。その様子を周りの同僚に笑われ、その人はショックを受けて気絶してしまったそうです。このできごとで課長もひどく落ち込んでしまいました。

そこで、会社が通訳者を呼びましたが、さらに助言者として私を呼び、二人に話し合いをしてもらい、なんとかお互いの誤解が解くことができました。

ろう者には理解が難しい言葉があります。

単純な例では、間接的な言い方や遠回りな言い方となる「やってしまわないといけない」「そうじゃないとは言わない」「必要ないということはない」のような二重構造になった表現や二重否定文がそれにあたります。

「このやり方はいいけど、もっといい方法があるはずだ」

この場合、要は「この方法はよくない」と言っているわけですが、ろう者は「このやり方はいい。もっといい」とまちがって解釈してしまう恐れがあります。できれば「このやり方はいいけど、もっといい方法を考えなさい。やり直してください」とよりストレートに表現した方が理解しやすくなります。

また、「だめです」とはっきり言わずに、「我慢してください」と言う人がいます。すると、ろう者は「しばらく我慢したら、認められる可能性があるのか」と期待してしまいます。

聴覚障害者は、自動車の運転免許試験に何度も落ちることがよくあります。

「信号が青になったので必ず走らなければならない。○か×か」

青になったからといって、まだ発進できない状況はありますので、正解は×です。しかし、聴覚障害者は頭を抱えます。交通ルールを理解していないわけではなく、このような複雑な言い回しが苦手なのです。

ところが、複雑で遠回りな表現が理解できないから、「知的に弱い」「失礼な人」「柔軟性を欠く」などと評価されてしまうこともあります。ろう者の世界ではストレートな表現で話すのが常識であり、あいまいなまま行動するのを嫌がるのです。

それでは、答えを求めるような会話で、答えがわからない場合にはどうすればいいのか。

「うーん、どうしようかな？　私にはわからないが……」

といった言い方ではろう者は不安になります。「わかりません。ごめんなさい」「聞いてみますから、待っていてください」と言ってもらえると、とてもありがたいのです。

同じ言葉でも異なるニュアンスの違い

健聴者と盲ろう者・ろう者では、通訳を通じて同じ「日本語」を使っているつもりでも、文化の違いから言葉が持つニュアンスに違いが生じます。

わかりやすい例を出してみると、日本語の「すみません」を英語翻訳するのに、何でも「ソーリー」というわけにはいきません。「すみません」には「ごめんなさい」という謝罪の意味だけでなく、人に呼びかける「ちょっと失礼」といったニュアンスもあるからです。また、時には「ありがとう」の意味で使われることもあります。

それと同じで、音声の日本話と日本手話では言葉が持つ意味の範囲が異なるものもありますし、手話では単語の意味がストレートに伝わり過ぎるということもあります。

たとえば、「ごはんを食べに行きますか」を、「白米を食べに行きますか」と解釈する健聴者はいません。同様に「ジュースを飲みませんか?」を「ジュースを飲まないですよね?」とは解釈していないはずです。しかし、健聴者の言葉通り手話で変換してしまうと、ろう者に誤解される場合があります。

また、「耳が痛い」などの慣用句も手話に変換するには、工夫と注意が必要です。

「相手が自分の弱点を突いてきたから、聞くのがつらい」というふうに意味を噛み砕かずに、ただ「耳　痛い」とそのままに手話通訳してしまうと、ろう者は「耳鼻科に行けば?」と受け取らざるを得ません。

健聴者が「前向きに考えます」と言う時は、体よく断るニュアンスであることがほとんどです。しかし、ろう者は「前向き＝積極的だから、実現してくれるんだな!」と受け取ります。

ここではそんな例を紹介して、その雰囲気を感じ取ってもらえたらと思います。

「〜と思う」

上記の説明の文末に使っているこの言葉ですが、健聴者とろう者では感じ方が異なります。健聴者はそれが一〇〇パーセント、必ず行う行動であっても「〜すると思う」と表現することが多いですよね。しかし、ろう者はどちらかというと「五分五分」くらいのつもりで使うのが「〜と思う」です。ろう者の使い方が本来に近いはずですが、健聴者は「謙遜・控えめの文化」、あるいは「万が一失敗した時の保険」として使うことが多いように感じます。

そのため、「これからご説明したいと思います」をそのままろう者に通訳してしまうと、「えっ、説明しないかもしれないの?」という誤解を与えかねません。

ぎません。


「つもり」

これもズレの大きい言葉です。健聴者の多くは「〜するつもりです」と言えば、それはほぼ確実に行われるものと受け取ります。しかしろう者の「つもり」はひとつの可能性という程度にすぎません。


「ちょっと」

たとえば壁にチラシを貼っていて、警備員が「ちょっと困ります」と言ったとします。健聴者の場合、これは高圧的になることを避け、言葉を濁しながら相手に自制を促す意味で使われます。しかし、ろう者にはそうした「察し」は非常に伝わりにくいものです。「ちょっとでは困るのなら、もっとたくさん貼れということか？」と誤解したという話があります。同様に健聴者に質問して「ちょっとわかりませんね」と答えた場合、ろう者は「少しわからないだけ（＝ほとんどわかる）なのに、なぜ教えてくれないのか！」という場合もあります。

「食べる？」「いや、ちょっと大丈夫」といった会話があった時は、ろう者は「少しなら食べる」と思ってしまいます。


「新しい」

健聴者が「新しい」を使う時、「その人にとって初めての」というニュアンスの場合があります。

◎新しい服に着替える
◎新しいお薬を出しましょう
◎新しく作り直します
◎新しい彼女らしいよ

これらは全て「新品」という意味ではありません。そのため手話通訳する際には注意が必要です。

「ない」

健聴者は「あまりない」「少ししか残っていない」「ほとんどない」といった状態を全て「ない」と表現しがちです。しかし、ろう者は「ない」と言えば「ゼロの状態」と認識します。たとえば、「用紙がもうない」と健聴者がいった場合、完全にゼロ枚とは限りません。「お金がない」も同じです。まったくの一文無しの意味では使っていないはずです。ですから、そのまま通訳してしまうと、ろう者は「えっ、お金がまったくないの!?」とびっくりしてしまいます。

「十分前」

行事やイベントなどで、たとえば、「二時十分前に集合」と言われた場合、多くの健聴者は「二時〇分の十分前＝一時五〇分」と解釈します。しかし、手話では「二時十分の前」と表現されてしまいがちで、そのためろう者は「二時五分くらいかな?」と受け止めます。ですからこの場合、通訳者はそのまま訳するのではなく、言葉が意図している「一時五〇分に集合」と表現する必要があります。

「できた」

これも手話通訳の際には、会話の流れに沿って意図していることを変換しなければならない言葉です。手話での「できる」は英語で言うところの「ｃａｎ」、つまり可能表現にあたります。しかし、健聴者はそれ以外にも、様々な意味で「できる」と使っています。

◎隣の奥さん、できたみたいよ＝隣の奥さんは妊娠した

◎あの人はよくできた人だ＝あの人は行動や発言、気の使い方が立派だ

◎ＡさんとＢさんはできている＝ＡさんとＢさんは恋仲だ

これらをそのまま可能表現で手話通訳してしまうと、ろう者には訳のわからない日本語になってしまいます。

引用：参考『ろう者のトリセツ　聴者のトリセツ』（関西手話カレッジ編著、星湖舎）

実際に私も健聴者とのニュアンスの違いに戸惑うことはたくさんあります。

エレベーターに乗った時、こちらに向かってくる人が見えたので「開」ボタンを押して待って

いると、その人に「大丈夫です」と言われたことがあります。急いでいなかったので待ってあげようと思っていると、一緒に乗っている人が「閉」ボタンを押し、扉は閉まってしまいました。「冷たい人だなあ」と思って職場の同僚にこのことを話すと、「その場合の『大丈夫』は、必要ないってことだよ」と教えてもらい、びっくりしました。

また、「行けたら行きます」もはっきりしない表現です。

こう言われると、ろう者は来るものだと思って、相手が来るまで待つのです。しかし、相手は来ませんから理由を尋ねると、「行けたら行くって言ったでしょう」と悪びれない態度です。結局、健聴者は行かないと言いたかったわけです。ここにもコミュニケーションのズレが起きています。

私には健聴者の姉がいて、よく「行けたら行くね」と言うのです。私は姉が来るのだと思い、食事の準備などをしてしまいます。しかし、来ないのでメールをしてみると「ごめんね。行けなくなっちゃった」とあっけらかんとしています。

私は白黒はっきりしてほしいので、「そんな言い方はやめて」と言うと、姉はポカンとしていました。

ろう者のいる家族の中であっても、このようなコミュニケーションのずれは日常茶飯事です。時にそれが深刻な問題に発展してしまうことさえあるのです。

社交辞令について

健聴者の「社交辞令」も、ろう者にはとてもわかりづらいものです。ろう者の物言いはとてもストレートです。健聴者からすると「ろう者は厳しい、はっきり言いすぎる」という印象を受けるのかもしれません。

逆にろう者からすると、健聴者の遠回しな言い方は「ずるい、はっきりしない」ともなりがちです。

たとえば、「近くに来たら遊びに来てくださいね」という言い回しがあります。ろう者がそう言われて、たまたま車でそばを通りかかったので、遊びに行くと、とても迷惑そうな顔をされたそうです。ろう者にすれば、遊びに来てと言われたから行ったのに、どうしてそんな顔をされるのか理解できない、というわけです。

いっそ社交辞令はろう者には言わないほうがいいと思います。

公的機関との交渉でも、数多くの社交辞令が出てきます。

盲ろう者団体と行政との交渉時に必ず言われるのが「前向きに検討します」です。最初、そう言われた私たちは「ちゃんと考えてくれるんだ！」ととても高い期待を寄せていました。しかし、要望が叶えられる訳でもなく、話は前に進みません。不思議に思って健聴者の友人に相談したら、「それは、何もする気はないという意味だ」と教えられて驚きました。

また、健聴者は断る時にストレートに謝るのではなく「今度また、お願いします」「今日はちょっと遠慮します」といった言い方をします。

はっきりと「ごめん、今日は無理。また今度」のような言い方をしてほしいのですが、きっと健聴者は私たちを傷つけないように配慮して言っているのだと思います。しかし、それではろう者に通じないことが多いのです。

相手に贈り物をする時にもちょっとした言葉から誤解が生まれます。健聴者はよく「つまらないものですが……」と言います。ろう者はつい「つまらないものなら、いらない」と思ってしまうでしょう。実際にろう者にそう言われた健聴者が、泣きながら相談に来たことがありました。

本当はろうの友人に喜んでもらうために、一生懸命プレゼントを探したのだと思います。相手のろう者にも話を聞くと「不用品を押し付けられたと思ったので、いらないと断った」と誤解していました。こんな時は、ろう者にはストレートに「あなたのために一生懸命選んだのよ！気に入ってもらえるか心配だけど、どう？」と言った方がはるかにいいのです。

わかりにくい言い方、遠回しな言い方は、健聴者特有のものなのか、日本人特有のものなのかはわかりませんが、私たちろう者はとても苦手です。

これは言葉の問題ではなく、生活環境の中で身につけていく常識からくる違いのためでもあると考えてほしいと思います。

〈すまいるの紹介〉

さて、ここで少しすまいるのホームページ（http://db-smile.jp/）についてご紹介したいと思います。

すまいるでは幅広い活動を行っています。私たちの頑張りと笑顔を会員やサポーターの皆様、そして同じ仲間である盲ろう者や関係者に広く知っていただこうという想いで始めました。

ホームページは弱視の人でも見やすいように画面を黒、そして文字を黄色にしたり、文字を拡大したりすることができます。また、音声読み上げや点字を使う人のために、シンプルな設計になっています。

では、さっそくホームページの内容をみていきましょう。

コンテンツには

・すまいるについて
・ごあいさつ
・行事紹介
・会員募集
・ご寄付のお願い
・ミッキーハウス

・すまいるロゴマーク
・IT活用講習会
・メルマガ
・ショップ
・メディア情報
・海外情報
・ライブラリ
・アクセス
・リンク集
・お問い合わせ
・English
と内容もりだくさんです。

その他、いろいろな行事を写真入りでタイムリーにお知らせする「すまいる活動風景」、盲ろう者とのコミュニケーションを写真を使ってご紹介した「盲ろう者とコミュニケ―ションをとってみよう」、そして私が手話ですまいるの活動や日々のあれこれを語った「ハローゆーみん」などがあります。そして、ツイッターもやっています。

ぜひ、私たちのすまいるワールドに遊びに来てください。

そして、すまいるの長年の努力の結晶として、盲ろう者向けグループホーム、「ミッキーハウス」がオープンしました。

誰にとっても老後は不安なものです。障害があると、その先の見えない不安の大きさは計り知れません。盲ろうの利用者、そしてご家族から切実な訴えを受け、盲ろう者が安心して暮らせる場所を確保しなければならないと、奔走してきました。

そこには制度の壁、住民からの反対、など思わぬ困難に次々と見舞われました。

しかし、物心両面において温かく私たちを応援してくださった皆様のおかげもあり、二〇一七年四月に「ミッキーハウス」を開所しました。

これは全国初の、そして日本で唯一の盲ろう者に特化したグループホームです。

あらためて支援者の皆様に御礼申し上げるとともに、これからも盲ろう者のための活動をさらに進めていきたいと思います。

盲ろう者のための「グループホーム」をオープンして

◇はじめに

特定非営利活動法人視聴覚二重障害者福祉センターすまいる（以下、すまいる）は、大阪市天王寺区に拠点をかまえ、視聴覚二重障害者（盲ろう者）を対象とした様々な日中活動プログラムを提供しています。すまいるは今年3月、日本で初めて盲ろう者に特化したケア付き住居、「すまいるレジデンス for the Deaf Blind（愛称、ミッキーハウス）」をオープンしました。

私は、すまいる設立以来、事務局長として運営に携わってまいりました。その立場から、「ミッキーハウス」の構想から開所までの経緯、また、盲ろう者に特化したケア付き住居に施された工夫などをご紹介することで、皆様に盲ろう者の抱える困難やニーズなどをお伝えできれば幸いです。

◇盲ろう者の暮らしを支える「ケア付き住居」を目指して

多様な障害者の中でも、特にマイノリティである盲ろう者のための「福祉的就労の場」「日常のいこいの場」として、すまいるは設立当初の1999年より当事者の主体性を尊重し、盲ろう者の社会参加の支援に取り組んでまいりました。すまいるに来られるまでは孤独と闇の中にいた盲ろう者が、他の盲ろう者との出会いを通して成長し、生きがいを見出し、夢を持って生きていける、そんな場所を提供できることに誇りを感じていました。

しかし、活動を続けていく中で、利用者ご自身やご家族から、将来を案じる声が寄せられるようになりました。特にご両親からは自分に万一のことがあったら、眼が見えず耳が聞こえない子どもはどうなるのか、また、盲ろう者からはこの先自分はどうなるのか、どうやって生きていけばいいのか、など、先のことを考えれば考えるほど、不安はふくれあがるばかりでした。

盲ろう者の多くは障害を持たない家族とともに暮らしています。日中、すまいるで楽しく活動ができても、家に帰ると家族とは簡単なコミュニケーションしかできず、自宅にいてさえも強い孤立感を感じています。家庭では用件のやりとりしかしていないということも稀ではありません。私自身も聴覚障害を持っており、聴覚障害のない家族に囲まれ、孤独な思いをしたことがあるため、盲ろう者が感じる疎外感は他人事とは思えませんでした。

「一人暮らしがしたい」「仲間と一緒に暮らしたい」「すまいるの近くで暮らしたい」、盲ろう者の切実な思いに後押しされ、すまいるは「盲ろう者のライフサイクルを包括的にサポートする役割を担う」決意を固めました。そして、具体的な目標として、盲ろう者の生活の場「盲ろう者向けケア付き住居の建設」を掲げ、実現に向け、動き始めました。

一口に「盲ろう者向けのケア付き住居の建設」と言っても、山あり谷ありの長い道のりでした。

まず、一番の問題は多額の建設費用でした。すまいるの盲ろう者は自分たちの終の棲家を作るために、何十年もの間、自ら街頭に立ち、道行く人に募金を呼びかけました。

次なる壁は、グループホーム近隣の住民の方々から理解を得ることでした。「目も見えない、耳も聞こえない人たちにうろつかれては困る」「車が走っていてもわからない盲ろう者のせいで、自分たちが事故に巻き込まれるかもしれない。自治会としてそんなリスクを住民に負わせるわけにはいかない」「火事なんか起こされたら、どう責任をとってくれるのか」。近隣住民の方々との説明会で協議を重ね、誠心誠意お話をさせていただいても理解を得られず、やっと進み始めていたグループホーム建設への歩みを断念せざるを得ない事態となったことは一度や二度ではありませんでした。

◇「ミッキーハウス」の誕生

そんな紆余曲折の中、もともと活動をしていた場所が手狭になり、5年前に現在の場所に移転することになりました。新しく移転したビルのオーナー様には日頃からすまいるの活動にご支援をいただいていましたが、すまいるの苦境を知り、盲ろう者が安心して、そして自立して生活できる場、「ケア付き住居」の建設に多大なるご協力をいただくことになりました。

そのおかげで、すまいるから徒歩3分のところに新築5階建ての「ミッキーハウス」が誕生し、今年3月1日には念願の開所を迎えることができました。これも一重に皆様のお力添えがあってのことと、心より感謝しております。

◇**様々な工夫**

「ミッキーハウス」の設計にあたっては、盲ろう者の自立と、安全性の確保を一番の課題として、様々な工夫を凝らしました。例えば、弱視の盲ろう者が自分の居室の階がわかるように、廊下の色を二階はオレンジ、三階は緑、四階は青色と色分けしました。また、浴室は壁をこげ茶、浴槽を白にし、コントラストを強調しました。全盲の盲ろう者への配慮としては、随所に点字表記をつけました。さらに点字が分からない盲ろう者にはシンボル・マークを用いました。共有スペースには浮き出し文字や手すりを付け、安全に移動できるよう館内には点字ブロックを設置しました。

さらに、盲ろう者について正しい知識を持つ職員やスタッフが二十四時間体制で日常生活のサポートをしています。しかしながら、「ミッキーハウス」の利用者のモットーは「一人でできることは自分でする。できないことはサポートを受ける」です。そのため、盲ろう者の生活すべてをスタッフが支援するわけではありません。サポートを受ける、受けないを決めるのは盲ろう者自身であり、支援者は盲ろう者のニーズを尊重しつつ、サポートする姿勢を学ばなければなりません。そこで、「ミッキーハウス」では、入居盲ろう者とスタッフによるミーティングを定期的に行い、ざっくばらんに意見を出し合っています。私たちの願いは「ミッキーハウス」で暮らすことで、盲ろう者の意識がより高まり、真の自立につながることです。

とは言え、いざ盲ろう者の生活が始まってみると、当事者にしか分からない不便さや困りごとも出てきました。盲ろう者の居室にある電灯のスイッチのオンとオフの形が同じで、ライトが点いているのか消えているのか分からない、手すりがかえって邪魔になり、歩きにくい、エレベーターが狭くて、乗り降りする時に人とぶつかってしまう、点字ブロックが見えにくい、などの物理的な不便と、盲ろう者それぞれの生活習慣の違いによる、共同生活へのとまどいやプライバシーの問題です。物理的な問題は建築業者に依頼し、必要に応じて改修をしていますが、プライバシーの問題となるとそう簡単にはいきません。もともと「ミッキーハウス」は「ケア付きアパート」をイメージして建設したものですが、完全にプライバシーを守るのは難しい面があります。

以前、ある盲ろう者に「盲ろう者にはプライバシーを守れる場所はほとんどないね。あるとしたらトイレだけかな」と言われ、思わず吹き出したことがありました。また、ミッキーハウスの運営母体であるすまいるの理事長も「盲ろう者の部屋はそれぞれ個室になっているけれど、居室内で利用者が何をしているのか大体分かるし、通訳介助者も出入りしている。通訳介助者やスタッフがロボットになったら、プライバシーは完全に守れるかもね」と言っていました。

◇おわりに

「ミッキーハウス」が完成し、つくづく思うことは、やはり当事者である盲ろう者の「声」を聞くことが大事なのだということです。聞こえる人、見える人が盲ろう者によかれと思ってしたことが、盲ろう者にとってはありがた迷惑にしかならない例を、「ミッキーハウス」はたくさん教えてくれました。同じようなことが盲ろう者を取り巻く社会の中で起こっているのではないでしょうか。盲ろう者のことは盲ろう者に聞く、決して自己満足や独りよがりな考えで盲ろう者に対応してはいけないと強く感じています。

これからも盲ろう者の声に耳を傾け、よりよいホーム作りへ向け、これまで以上に努力してまいりますので、今後とも皆様のご支援をどうぞよろしくお願いいたします

あとがきにかえて

私の家族はみんな健聴者で、私だけがろう者です。そのためか、家ではほとんど手話を使いませんでした。決して、手話に抵抗があったわけではありません。

元夫は手話ができましたが、二人の会話は口話がほとんどで、どうしても通じない時だけ補足的に日本語対応手話を使っていました。私の母が手話を使えないので、私たちが手話で会話してしまい、母が蚊帳の外になってしまったこともあったと思います。


この本を書きながら、いろいろとこれまでの自分の人生を振り返ってみると、大学生の時は、遊び過ぎて母に迷惑をかけたこともありました。

社会人になって結婚し、私も母になり、生涯の仕事にもめぐり合い、「今は人生最高の時」と思えるようになりました。

その後、考え方の違いから夫とは離婚してバツイチにはなりましたが、私はマルイチだと思っています。離婚という経験も私を成長させてくれたものと感謝しています。

今でこそ盲ろう者の通訳介助活動をしている私ですが、それまで視覚障害者と触れ合う機会はほとんどありませんでした。

私の発声では視覚障害者には通じないだろうし、見えない人とは筆談によるコミュニケーションは取れないだろうし、といった先入観がありました。

しかし、今では幅広くいろいろな方と触れ合うことができています。お金では買えない成長をさせてもらったことを、誇りに思っています。そして、その力を与えてくれたのは、子どもたちでした。

こんなことを言うと、親馬鹿だと思われるかもしれません。しかし、すくすくと成長してくれた子どもたちには本当に感謝しています。

私が母親でごめんね。

でも、あなたたちが私の子どもでよかった。ありがとう。そして、母へ、私を生み、育ててくれてありがとう！　ろう者として生きてきた私の人生は楽しかったと思っています。

その母もついに他界してしまいました。

亡き母には、本当に感謝の念が絶えません。今さらながら、母が生きている間に、母の言うことを素直に聞けばよかったと思うことがたくさんあります。

私は仕事をしていますので、どうしても帰宅が遅くなります。仕事を途中で切り上げられないという性格もあり、いつもずるずると遅くまでやってしまい、家に帰ると母に小言を言われました。時には、そのために衝突することもありましたが、心の中ではすごく有難いと思っていました。でも、なかなか母には素直になれませんでした。そんな母が突然、呼吸困難に陥り、危篤だと連絡を受けた時も「まさか、そんなはずはない」と信じられませんでした。

母が他界した後、母の友人が「線香をあげさせてほしい」と自宅に来られました。その方々がおっしゃるには「私の娘はすごく頑張り屋さんでいつも一生懸命、仕事でもなんでも全力投球なの。だから、由美子のことを心配している」と、母はいつも私の話をしていたそうです。

私が子供の頃、犬を飼いたくて母におねだりをしたことがありました。母は「学校のテストで百点取ったら、飼ってもいいよ」と言ってくれました。私は犬がほしくて、頑張ってテスト勉強に励みました。そして、返ってきた答案用紙を見ると、九八点。百点にあと二点届きませんでした。引き算の問題で、十五個と書かなければならないところを、個を書かずに提出してしまい、二点マイナスされてしまったのです。ものすごく悔しい思いで家に帰ると、母が犬を抱えて、私の帰りを待っていたのです。百点を取れなかったから、もう絶対だめだと思い込んでいた私を、「あなたの頑張っている姿を知っているから」と母は褒めてくれたのです。母はほとんど褒めてくれたことがありませんでしたので、私も時々へそを曲げてしまうことがありました。他の親は自分の子どものことを褒めると思うのですが、褒めてくれない母に対し、ちょっとひねくれたこともありました。

その他にも色んなことが走馬灯のように頭をよぎっていきます。母の死後、皆が私に「大丈夫？」と声をかけてくれましたが、母がいなくなった実感が湧く間もなく、手続等に追われていました。今やっと、母がいないという事実に直面しています。母は私の目の前では涙を見せない人でしたが、泣いている母の背中を私は知っています。私が小さい頃の母は賢いキャリアウーマンでしたが、やはり年老いていくとともに、背中も曲がって小さくなっていきました。そんな姿を見るのがすごく苦しかったです。母が亡くなった後、「これで本当によかったのか」と複雑な気持ちになることもあります。わがままなところもあった母ですが、私にとって世界一の母です。私を生んでくれて本当にありがとう。頭が上がらないくらい感謝しています。

そして、今までの私の人生を刻む出会いへと導いてくださった皆様、ありがとう。この出会いを大切にしていきたいと思っています。たくさんの人の温かい心に触れることができて幸せです。

著者を紹介―ろう者の文化―

藤井　明美

私が初めて石塚さんにお会いしたのは今から約十五年ほど前だったでしょうか。私がまだまだ駆け出しの通訳だった頃のことです。

盲ろう者の人口は視覚障害者や聴覚障害者に比べると非常に少なく、そのため盲ろう者のコミュニティもその人口に比例し、とても狭い世界です。盲ろう者関係の会議や研修会にはおなじみの盲ろう者や通訳者が参加することも少なくありません。石塚さんもそのおなじみの顔ぶれの一人でした。

当時の私はまだまだ手話の技術が未熟でしたが、いつもにこにこしている石塚さんがとても印象的でした。「いつもあんなにすてきな笑顔でいられるということは、それだけ通訳が楽しいのかな？　それだけ、盲ろう者が好きなのかな？」とふと考えたりしていました。

手話は視覚に基づく言語ですので、音声言語に比べると、話している内容がイメージしやすいこともあります。石塚さんの手話を見ていると、手話がよくわからなかった私でもなんだかわかったようになる気がしてきました。そして、手話がわかるようになった頃には、石塚さんのわかりやすい通訳、音声言語を手話にかみくだく力とセンスにためいきが出るほどでした。

そして、すまいるに入社し、盲ろうの門川理事長と石塚さん（事務局長）の下で働くようになった時は毎日が新鮮でした。すまいるのように毎日盲ろう者が集まって活動する場は他にはないといっても過言ではなかったからです。そして、運営を当事者が担っているのです。相当、年のいった新入社員でしたが、毎日るんるんといった調子でした。

しかし、盲ろう者やろう者がさらされるあまりにも過酷な状況に直面するうちに、そんなるんるんはどこかに消えてしまいました。

私たちが気がついていないだけで、障害者に対する差別や偏見、不平等で不公平な対応、理不尽な対処はこの社会にはごろごろしています。そのとてつもなく大きく姿の見えない壁に、すまいるは立ち向かっていたのです。

そんな壁に立ち向かうように、いつも笑顔で仕事をする石塚さん、仕事熱心な石塚さん、抜群の通訳センスを持つ石塚さん、ちょっとおっちょこちょいでおちゃめな石塚さん、盲ろう者とろう者のためなら時間とエネルギーをおしまない石塚さん。

その姿に、つい耳が聞こえないことを忘れてしまうくらいでした。耳が聞こえない、それは物理的に聴覚に障害をあることを意味するだけではありません。日常生活から社会生活にいたるまで、さまざまな困難がつきまとうのです。

ある日、石塚さんと私が二人背中合わせで仕事をしていた時のことです。石塚さんが硬貨を落とす音、そして、あちらこちらをがさがさと探す音が聞こえてきました。私は振り返り、硬貨を拾い、石塚さんに渡すと、とても驚いていました。

硬貨の枚数を数えていた石塚さんは硬貨を落としたことまでは目で見てわかりますが、硬貨の落ちた音は聞こえません。私は落ちた硬貨は見えませんが、硬貨が床に落ちた音で何枚落ちたか、どっちに転がっていったのかはだいだい見当がつきました。そこで、このへんだろうな、確か二枚だったなと当たりをつけて、見つけることができたのです。

私たちは意識しなくても、音による情報にどれだけ依存していることでしょうか。この硬貨の例だけではなく、石塚さんと仕事をする中で、聞こえるということはどういうことなのか、聞こえないということはどういうことなのかをたくさん実感しました。ろう者や盲ろう者に関わる私たちはこのちょっとしたギャップを埋めることが大事なのですが、なかなかそれに「ピンとくる」ことはありません。

石塚さんはろう者の立場から見えることはどういうことなのか、見えないということはどういうことなのかというギャップをよくおさえ通訳にあたっておられるので、盲ろう者が安心して通訳を受けることができるのでしょう。

石塚さんは大きく温かい「ハート」の人であるとともに、鋭い洞察とユニークな感性を持つ「頭」の人でもあります。

ろう者の世界では「ろう者の文化」という言葉がよく使われます。聴覚に障害があるため、ろう者は独自の特性やニーズを持っています。ろう学校やろう者のコミュニティなど彼ら独自の世界があります。また、長い間、差別や偏見に苦しんできた立場から、耳が聞こえないことを恥ずかしく思うのではなく、聞こえないことにアイデンティティを見出そうという気持ちを込められています。

手話や口話を使っていなければ、外見だけではろう者なのか健聴者なのかはわかりません。同じ日本人です。同じ日本で生まれ、同じ日本という文化と慣習の中で育ち、暮らしています。

しかし、この「ろう者の文化」なるものは健聴者との間に大きな隔たりを生んでいます。時にはろう者 vs 健聴者という対立構造まで見え隠れしています。

同じ日本人で日本語を使っているといっても、筆談だけでろう者とコミュニケーションを取るのは非常に困難です。ろう者と付き合いのある健聴者なら、「こんなに簡単に書いてあるのに、どうして通じないのだろう？」「一生懸命、コミュニケーションを取ろうとしているのに、どうして突然、怒り出すのだろう？」「ろう者の書いた文章がちんぷんかんぷんだけど、そんなこと言えないし、困ったな」という経験を少なからずお持ちだと思います。

それなら、手話を使えばすむだろうと思われるかもしれませんが、これがなかなかどうして、いくら手話を使っても、やはり通じないものは通じないのです。ことほどさように、聞こえることと聞こえないことの壁は大きいのです。

例えば、外国のろう者であれば、「文化が違うからわかりません」と言われても、「それもそうだな」と納得するでしょう。しかし、日本のろう者が「文化が違うからわかりません」というと、どうでしょう。

石塚さんは私たちがなかなか言い出せない、時にはデリケートな疑問も受け止める「頭」のある人です。

さて、石塚さんご自身は「ろう者の文化」というくくりは、あまり好きではないそうです。この言葉が広まっていく内に、時にはろう者が健聴者に対する便利な言い訳のように使われてしまうからだそうです。

耳が聞こえない苦労、そのための疎外感や不平等を、石塚さんは身に染みて、よくわかっています。つらい経験もたくさんされています。しかし、それだからこそ、少々、発音は不明瞭でも、日本語がかっこう悪くても、聞こえる世界に飛び込んで、体当たりでコミュニケーションを取ってほしいという石塚さんからの熱いエールなのです。

この本を一人でも多くの方に楽しんでいただき、ろう者や盲ろう者など、自分たちとは違う世界への冒険を楽しんでいただければと思います。集団の中にいれば、違うことは時にはつらく、不安で、不公平なことでもあります。しかし、違うからこその出会いや気づき、楽しく貴重な経験もあります。そして、なにより石塚さんの魅力を堪能していただければと願っています。

参考資料

大阪府盲ろう者通訳・介助者派遣事業について（大阪府のホームページより）

大阪府では、盲ろう者（視覚と聴覚に重複して重度の障がいがある人）の自立と社会参加を促進するため、通訳・介助者を派遣しています。

1 対象者

大阪府内に居住する18歳以上の視覚と聴覚に重複して重度の障がいがあり、身体障がい者手帳の1級又は2級の交付を受けた方

2 派遣内容

【派遣が認められる場合】

ア 福祉事務所、郵便局、税務署等公的機関での用務等の場合

イ 医療機関に受診、相談に行く場合

ウ 通所施設、障がい者福祉作業所への通所の場合

エ サークル活動・交流会などの余暇活動等社会参加の場合

オ 買い物、銀行、食事、居宅内での情報提供など日常生活上必要な場合

3 利用料

通訳・介助者派遣に要する費用は無料です。ただし、派遣を受けている間、利用者と通訳・介助者の交通費等については利用者の負担となります。

4 利用申込

あらかじめ社会福祉法人大阪障害者自立支援協会に利用登録を行い、原則として派遣を希望する10日前までに通訳・介助派遣申請を行ってください。

5 お問合せ窓口

社会福祉法人　大阪障害者自立支援協会

〒543-0072　大阪市天王寺区生玉前町5-33

大阪府障がい者社会参加促進センター内

電話：06-6775-9115　FAX：06-6775-9116

〈盲ろう者当事者による全国組織〉

全国盲ろう者団体連絡協議会
http://www.db-tarzan.info/jfdb/

〈盲ろう者を支援する全国組織〉

社会福祉法人全国盲ろう者協会
http://www.jdba.or.jp/

〈盲ろう児やその家族の会〉

ふうわ
http://fuwa.s151.xrea.com/

〈盲ろう児教育研究会〉

http://www.re-deafblind.net/

〈現在、大阪府にある聴覚支援学校〉

大阪府立生野聴覚支援学校
大阪府立中央聴覚支援学校
大阪府立聴覚支援学校
大阪府立だいせん聴覚高等支援学校

〈現在、大阪府にある視覚支援学校〉

大阪府立大阪南視覚支援学校
大阪府立北視覚支援学校

参考文献

『大阪府人権だより　こころねっと　2010年9月号』
（大阪市人権啓発・相談センター）

『驚きの手話「パ」「ポ」翻訳』
（関西手話カレッジ、手話文化村、星湖舎）

『KSKQ全障連関西ブロック　草の根　Vol.88』
（全国障害者解放運動連絡会議）

『KSKQ全障連関西ブロック　草の根　Vol.94』
（全国障害者解放運動連絡会議）

『COMVO Vol.93』
（大阪市ボランティア情報センター）

『情報の科学と技術　59巻8号　2009.8』
（杉田正幸、情報科学技術協会）

『ディスアビリティー・ワールド　2004年8月号』
（障害保健福祉研究情報システム）

『ビッグイシュー　207号』
（有限会社ビッグイシュー日本、特集「盲ろう者」二重障害の世界）

『ろう者のトリセツ　聴者のトリセツ』
（関西手話カレッジ編著、星湖舎）

特定非営利活動法人 視聴覚二重障害者福祉センター
「すまいる」ウェブサイト
http://db-smile.jp/index.html

本書のテキストデータ無料提供

視覚障害者の方には音声変換ソフトのご利用を、また盲ろう者の方には点字でお読みいただけるように、本書のテキストデータを無料にて電子メールで送付させていただきます。
ご希望の方は、本書の帯にある「テキストデータ無料送付チケット」を、氏名、ご住所、メールアドレスご記入の上、下記の連絡先までお送りください。

＜連絡先＞

特定非営利活動法人
視聴覚二重障害者福祉センター すまいる

〒543-0028
大阪市天王寺区小橋《おばせ》町 2-12
上本町 NEXTAGE 7階

TEL：06-6776-2000
FAX：06-6776-2012
ホームページ：db-smile.jp/

静けさの中の笑顔

ろう者として、通訳者として、そして母として

2017年12月24日　初版第1刷発行

著　　　者　石塚 由美子

発　行　者　金井 一弘

発　行　所　株式会社 星湖舎

〒543-0002

大阪市天王寺区上汐3-6-14-303

電話 06-6777-3410　FAX 06-6772-2392

編　　　集　近藤 隆己、田谷 信子

装丁・DTP　藤原 日登美

印刷・製本　株式会社 国際印刷出版研究所

---

printed in japan　ISBN978-4-86372-092-3